传世经典散文诗150篇

冰心
（印）泰戈尔 等著

传世经典
NO.4

classy
&
fabulous

画梦 周作人
笑 冰心
初秋四景 川端康成
笑与泪 纪伯伦
金香木花 泰戈尔

長江出版傳媒
长江文艺出版社

图书在版编目（CIP）数据

传世经典散文诗 150 篇 / 冰心（印）泰戈尔等著. --
武汉 ：长江文艺出版社， 2014.4（2022.1 重印）
（传世经典系列）
ISBN 978-7-5354-7008-9

Ⅰ. ①传… Ⅱ. ①冰… ②泰… Ⅲ. ①散文诗－诗集
－世界 Ⅳ. ①I12

中国版本图书馆 CIP 数据核字(2013)第 246852 号

策　　划：尹志勇
责任编辑：高田宏　方　莹　孙　琳　　责任校对：毛　娟
封面设计：壹　诺　　责任印制：邱　莉　王光兴

出版：长江出版传媒 | 长江文艺出版社
地址：武汉市雄楚大街 268 号　　邮编：430070
发行：长江文艺出版社
http://www.cjlap.com
印刷：三河市百盛印装有限公司

开本：700 毫米×1000 毫米　1/16　印张：18　插页：1 页
版次：2014 年 4 月第 1 版　　2022 年 1 月第 3 次印刷
字数：196 千字

定价：56.00 元

目录

心灵意绪

生命感悟

世事人生

生活寓言

前尘往事

自然年轮

心灵意绪

\《野草》题辞\

鲁　迅

当我沉默着的时候，我觉得充实；我将开口，同时感到空虚。

过去的生命已经死亡。我对于这死亡有大欢喜，因为我借此知道它曾经存活。死亡的生命已经朽腐。我对于这朽腐有大欢喜，因为我借此知道它还非空虚。

生命的泥委弃在地面上，不生乔木，只生野草，这是我的罪过。

野草，根本不深，花叶不美，然而吸取露，吸取水，吸取陈死人的血和肉，各各夺取它的生存。当生存时，还是将遭践踏，将遭删刈，直至于死亡而朽腐。

但我坦然，欣然。我将大笑，我将歌唱。

我自爱我的野草，但我憎恶这以野草作装饰的地面。

地火在地下运行，奔突；熔岩一旦喷出，将烧尽一切野草，以及乔木，于是并且无可朽腐。

但我坦然，欣然。我将大笑，我将歌唱。

天地有如此静穆，我不能大笑而且歌唱。天地即不如此静穆，我或者也将不能。我以这一丛野草，在明与暗，生与死，过去与未来之际，献于友与仇，人与兽，爱者与不爱者之前作证。

为我自己，为友与仇，人与兽，爱者与不爱者，我希望这野草的死亡与朽腐，火速到来。要不然，我先就未曾生存，这实在比死亡与朽腐更其不幸。

去罢，野草，连着我的题辞!

一九二七，四，二十六，鲁迅记于广州之白云楼上

\画　梦\

周作人

我是怯弱的人，常感到人间的悲哀与惊恐。

严寒的早晨，在小胡同里走着，遇见一个十四五岁的小姑娘，充血的脸庞隐过了自然的红晕，黑眼睛里还留着处女的光辉，但是正如冰里的花片，过于清寒了，——这悲哀的景象已经几乎近于神圣了。

胡同口外站着候座的车夫，粗麻布似的手巾从头上包到下颌，灰尘的脸的中间，两只眼现出不测的深渊，仿佛又是冷灰底下的炭火，看不见地逼人，我的心似乎炙的寒颤了。

我曾试我的力量，却还不能把院子里的蓖麻连根拔起。

我在山上叫喊，却只有返响回来，告诉我的声音的可痛地微弱。

我往何处去祈求呢？只有未知之人与未知之神了。

要去信托未知之人与未知之神，我的信心却又太薄弱一点了。

一九二三，一，三

\ 常州天宁寺闻礼忏声 \

徐志摩

有如在火一般可爱的阳光里，偃卧在长梗的，杂乱的丛草里，听初夏第一声的鹧鸪，从天边直响入云中，从云中又回响到天边；

有如在月夜的沙漠里，月光温柔的手指，轻轻的抚摩着一颗颗热伤了的砂砾，在鹅绒般软滑的热带的空气里，听一个骆驼的铃声，轻灵的，轻灵的，在远处响着，近了，近了，又远了……

有如在一个荒凉的山谷里，大胆的黄昏星，独自临照着阳光死去了的宇宙，野草与野树默默的祈祷着，听一个瞎子，手扶着一个幼童，铛的一响算命锣，在这黑沉沉的世界里回响着；

有如在大海里的一块礁石上，浪涛像猛虎般的狂扑着，天空紧紧的绷着黑云的厚幕，听大海向那威吓着的风暴，低声的，柔声的，忏悔他一切的罪恶；

有如在喜马拉雅的顶巅，听天外的风，追赶着天外的云的急步声，在无数雪亮的山壑间回响着；

有如在生命的舞台的幕背，听空虚的笑声，失望与痛苦的呼吁声，残杀与淫暴的狂欢声，厌世与自杀的高歌声，在生命的舞台上合奏着；

我听着了天宁寺的礼忏声！

这是哪里来的神明？人间再没有这样的境界！

这鼓一声，钟一声，磬一声，木鱼一声，佛号一声……乐音在大殿里，迂缓的，漫长的回荡着，无数冲突的波流谐合了，无数相反的色彩净化了，无数现世的高低消灭了……

这一声佛号，一声钟，一声鼓，一声木鱼，一声磬，谐音磅礴在宇宙间——解开一小颗时间的埃尘，收束了无量数世纪的因果；

这是哪里来的大和谐——星海里的光彩，大千世界的音籁，真生命的洪流：止息了一切的动，一切的扰攘；

在天地的尽头，在金漆的殿椽间，在佛像的眉宇间，在我的衣袖里，在耳鬓边，在官感里，在心灵里，在梦里……

在梦里，这一瞥间的显示，青天，白水，绿草，慈母温软的胸怀，是故乡吗？是故乡吗？

光明的翅羽，在无极中飞舞！

大圆觉底里流出的欢喜，在伟大的，庄严的，寂灭的，无疆的，和谐的静定中实现了！

颂美呀，涅槃！赞美呀，涅槃！

\卖豆腐的哨子\

茅　盾

早上醒来的时候，听得卖豆腐的哨子在窗外呜呜地吹。

每次这哨子声引起了我不少的怅惘。

并不是它那低叹喑泣似的声调在诱发我的漂泊者的乡愁；不是呢，像我这样的 outcast，没有了故乡，也没有了祖国，所谓“乡愁”之类的优雅的情绪，是轻易不会兜上我的心头。

也不是它那类乎军笳然而已颇小规模的悲壮的颤音，使我联想到别一方面的烟云似的过去；也不是呢，过去的，只留下淡淡的一道痕，早已为现实的严肃和未来的闪光所掩煞所销毁。

所以我这怅惘是难言的。然而每次我听到这呜呜的声音，我总抑不住胸间那股回荡起伏的怅惘的滋味。

昨夜我在夜市上，也感到了同样酸辣的滋味。

每次我到夜市，看见那些用一张席片挡住了潮湿的泥土，就这么着货物和人一同挤在上面，冒着寒风在嚷嚷然叫卖的衣衫褴褛的小贩子，我总是感得了说不出的怅惘的心情。说是在怜悯他们么？我知道怜悯是亵渎的。那末，说是在同情于他们罢？我又觉得太轻。我心底里钦佩他们那种求生存的忠实的手段和态度，然而，亦未始不以为那是太拙笨。我从他们那雄辩似的“夸卖”声中感得了他们的心的哀诉。我仿佛看见他们吁出的热气在天空中凝集为一片灰色的云。

可是他们没有呜呜的哨子。没有这像是闷在瓮中，像是透过了重压而挣扎出来的地下的声音，作为他们的生活的象征。

呜呜的声音震破了冻凝的空气在我窗前过去了。我倾耳静听，我似乎已经从这单调的呜呜中读出了无数文字。

我猛然推开幛子，遥望屋后的天空。我看见了些什么呢？我只看见满天白茫茫的愁雾。

\夜　行\

王统照

夜间，正是萧森荒冷的深秋之夜，群行于野，没有灯；没有人家小窗中的明光；没有河面上的渔火；甚至连黑沉沉地云幕中也闪不出一道两道的电光。

黑暗如一片软绒展铺在脚下面，踏去是那么茸茸然空若无物，及至抚摸时也是一把的空虚。不但没有柔软的触感，连膨胀在手掌中的微力也试不到。

黑暗如同一只在峭峰上蹲踞的大鹰的翅子，用力往下垂压。遮盖住小草的舞姿，石头的眼睛，悬在空间，伸张着它的怒劲。在翅子上面，藏在昼冥中的钢嘴预备着吞蚀生物；翅子下，有两只利爪等待攫拿。那盖住一切的大翅，仿佛正在从容中煽动这黑暗的来临。

黑暗如同一只感染了鼠疫的老鼠，静静地，大方地，躺在霉湿的土地上。周身一点点的力量没了。它的精灵，它的乖巧，它的狡猾，都完全葬在毒疫的细菌中间。和厚得那么毫无气息，皮毛是滑得连一滴露水也沾濡不上，它安心专候死亡的支配。它在平安中散布这黑暗的告白。

群行于野，这夜中的大野那么宽广，——永远行不到边际；那么平坦，——永远踏不到一块荦确的石块；那么干净——永远找不到一个蒺藜与棘刺刺破足趾。

行吧！在这大野中，在这黑暗得如一片软绒，一只大鹰的翅子，一个待死的老鼠的夜间。

行吧！在这片空间中，连他们的童年中常是追逐着脚步的身影也消失了，没有明光哪里会有身影呢？

行吧！需要甚么？——甚么也不需要；希望甚么？——甚么也不希望。昏沉中，灵魂涂上了同一样的颜色，眼光毫无用处，可也用不到耽心，——于是心也落到无光的血液中了。

\ 不易安眠 \

王统照

冷雨连宵，你大约“不易安眠”？有时有几声巨响由空际传来，你，开窗四望，一片暗冥，凄冷的雨丝织成密网，网住了这黑夜的“囚城”。楼台，树木，车辆，你都看不分明，只是若干点想冲破昏雾的灯光，若远，若近；在飘动，在炫耀，在孤寂中作光明的散布！

春去了，就是苦涩的莺声也不到这“囚城”中叫唤，况是料峭风雨的中夜。

杜鹃的哀啼，夜莺的幽唱，这些鸟音虽曾颤动多少诗人，旅客，易伤感的青年，情思宛转的女孩子的心，使他们神迷，泪落，心情嵌在缠绵的幻影，时间付与冥想的哀、乐，甚则比以灵魂，听似仙乐。……但现在呢？即有他们的骄歌，哀唱，再也不会引你遐想，惹你惆怅！……现实的重负，一支针一滴血地压上苦难者的肩头，火灼，水湮，每个人都分尝到。纵然，音乐般的；或高一步说是精神上的麻醉，可以销魂，可以忘我，可以排遣世虑，可以沉入玄想，但，这至少须有一份略从容的时间，略悠闲的趣闻，轻微的忧郁，方能对他们的骄歌，哀唱，发生飘飘然的情感。

现实呢！便是好作奇想，好动怅惘的古诗人，生活在“囚城”里，你准一千个不相信，什么杜鹃，夜莺，会触动他古怪的灵感，写得出一首像样的诗来。

凡是一个逃不出现实的苦难者，他情愿在暗夜披衣独起；他的心在热血交流中跃动；他的泪灼烫的堕入肚肠；他的想象是：草莽中，平原中，森林中，河岸港湾上的鲜血；是自由的洪流泛滥过激怒的田野；是暴风疾雨挟着战神的飞羽传遍各地。

原来，这样丑恶纷乱的城市再无须会骄歌哀唱的小鸟作闲情的哢弄，何况是已变成一座“囚城”，一个储存记忆的“狭的笼”！

春去了，正接着与夏威相争的夏日。谁还在梦幻间眷恋着杜鹃夜莺的骄啭，哀啼？有巨响急传；有骤雨惊飘；有到处散射的光明点。

你听；你看；你往远处往深处坚实地想，……你摸索着拿得住永向着青空向着光辉伸展的枝叶！

这昏暗的夜有破晓的时候？……

“不易安眠”，你是否堕入自己的梦魇？

\ 在你的前途上 \

王统照

掷断你的链环，摆脱你的梦寐，听，白鸽的歌声在焦林中已唱出生命的重生。看凤凰在灰烬上也展开斑烂的锦羽。

确定你的希求，净化了你的忧虑，人间总有前途，在荆棘的纵横中；在霜雪的冷冽中。那安慰悦乐的春光曾驰过冰河迅速地向前途展布。

你的眼泪白白地流去，化不出一滴清波，应该在死亡、苦痛、饥饿、流亡的时间与空间培养出更生的花朵！——它，因此会带着不忘的笑颜，向全世界招手。到这时，你的眼泪方能得到报偿，方浸润出生之值。

你的心即使真化成死灰；灰中还有不灭的火星在暗中跃动，何况有自由的风力替灰传播，替灰中的火星煽发着美丽的明光。

听，生命的重生的歌唱；看，灰烬上凤凰的展羽。……那流星般的泪滴，那风中的火星。——这，都在你的艰苦的前途上。

\寄醒者\

朱大枏

你离别了我们那夜，天上一颗大星掉了。我们吵着说，今晚有人要醒去。进屋里来便见你的影子更显得黯淡了，我就取笔在你的影子周围描出一个轮廓，你的影子渐渐的模模糊糊地，朦朦胧胧地化为缕缕的青灰的雾痕袅移着，我凝目望那烟子直扯着一根线穿出了窗棂以后，才觉到有些什么失掉了。我惘然对着你遗留下的黑曲线的轮廓掉下一滴泪来。

在你醒前，一颗大星的掉落预示你的将醒；在你醒后，一滴清泪的掉落哀悼你的醒去。然而你飞去了，从窗棂之隙飞去。我从窗棂之隙痴痴的窥望着，看见一朵紫色的小花在颤栗，我想那该是你的魂灵罢。

我这样想，那朵紫色的小花悄然落了，飘飘的降落于窗棂以下。这时我的心也随着在沉沉的坠落。在地心有个幽碧的水潭，将来我的心就沉掉在那里面，如像冷月的孤影般在水里发光。我的朋友，你在别一世界见着他的时候，不要滴下泪来，因为泪掉水里，使水面皱起涟漪时，我的心碎了。

我的心沉沉的在坠落着，我怔怔的对着你遗留下的轮廓想——

这空空的啊！

\ 山中杂感 \

冰　心

溶溶的水月，螭头上只有她和我。树影里对面水边，隐隐的听见水声和笑语。我们微微的谈着，恐怕惊醒了这浓睡的世界。——万籁无声，月光下只有深碧的池水，玲珑雪白的衣裳。这也只是无限之生中的一刹那顷！然而无限之生中，哪里容易得这样的一刹那顷！

夕照里，牛羊下山了，小蚁般缘走在青岩上。绿树丛巅的嫩黄叶子，也衬在红墙边。——这时节，万有都笼盖在寂寞里，可曾想到北京城里的新闻纸上，花花绿绿的都载的是什么事？

只有早晨的深谷中，可以和自然对语。计划定了，岩石点头，草花欢笑。造物者呵！我们星驰的前途，路站上，请你再遥遥的安置下几个早晨的深谷！

斗绝的岩上，树根盘结里，只有我俯视一切。——无限的宇宙里，人和物质的山，水，远村，云树，又如何比得起？然而人的思想可以超越到太空里去，它们却永远只在地面上。

一九二一，六，二十，在西山

\ 笑 \

冰　心

雨声渐渐的住了，窗帘后隐隐的透进清光来。推开窗户一看，呀！凉云散了，树叶上的残滴，映着月儿，好似萤光千点，闪闪烁烁的动着。——真没想到苦雨孤灯之后，会有这么一幅清美的图画！

凭窗站了一会儿，微微的觉得凉意侵人。转过身来，忽然眼花缭乱，屋子里的别的东西，都隐在光云里；一片幽辉，只浸着墙上画中的安琪儿。——这白衣的安琪儿，抱着花儿，扬着翅儿，向着我微微的笑。

"这笑容仿佛在哪儿看见过似的，什么时候，我曾……"我不知不觉的便坐在窗口下想，——默默的想。

严闭的心幕，慢慢的拉开了，涌出五年前的一个印象。——一条很长的古道。驴脚下的泥，兀自滑滑的。田沟里的水，潺潺的流着。近村的绿树，都笼在湿烟里。弓儿似的新月，挂在树梢。一边走着，似乎道旁有一个孩子，抱着一堆灿白的东西。驴儿过去了，无意中回头一看。——他抱着花儿，赤着脚儿，向着我微微的笑。

"这笑容又仿佛是哪儿看见过似的！"我仍是想——默默的想。

又现出一重心幕来，也慢慢的拉开了，涌出十年前的一个印象。——茅檐下的雨水，一滴一滴的落到衣上来。土阶边的水泡儿，泛来泛去的乱转。门前的麦垄和葡萄架子，都濯得新黄嫩绿的非常鲜丽。——一会儿好容易雨晴了，连忙走下坡儿去。迎头看见月儿从海面上来了，猛然记得有件东西忘下了，站住了，回过头来。这茅屋里的老妇人——她倚着门儿，抱着花儿，向着我微微的笑。

这同样微妙的神情，好似游丝一般，飘飘漾漾的合了拢来，绾在一起。

这时心下光明澄静，如登仙界，如归故乡。眼前浮现的三个笑容，一时融化在爱的调和里看不分明了。

\归　梦\

梁宗岱

飘忽迷幻的梦里——我跋涉着那迢迢的旅路，回到乡园去。

暮色苍凉，风光黯淡中，母亲正倚闾望着。门前塘边的青草地上，弟妹们的嬉游如故；老母的慈颜，却已添上无限的憔悴。不禁放声大哭！醒来，正是春暮夜静的深处，碧纱窗外，剩月朦胧，子规哀啼。从惨散凄恻的《留春曲》里，犹声声的度来阵阵落红的碎香。

只是默默的在床上微怔着……

儿时的梦影，又残云般浮现出来了。

是一个严冬的霜夜。不知怎样的，迷离的踱到一处无际的荒野去。漠漠的赤沙，漫漫的长途。凄烟迷雾里，只见朔风怒号，寒月苦照，惊鸿凄咽，怪鸱悲鸣。小心里，惶然悚然！只剩有寂寞，只剩有荒凉！

再不敢久留了，急返身跑回家中。母亲正淘米厨下。见了窘蹙，彷徨，客倦的我，百忙中，无可奈何的，把那乳露一般的淘米的水浆给我喝了，温温的给我慰安偎存了。怯懦而恐怖的小心，迸着了慈母的抚爱，不觉哇的一声哭醒来，欲依然安卧在伊甜温的软怀里。

伊手儿拍着，低声唱着，“睡着，宝宝，睡罢。妈在这儿呢。”

母亲呵！当我从这孤苦崎岖的旷野，回到你长眠的乐土的时候，还是一样的把那淘米的水浆给我喝罢！

——二三，五，一三。

\ 幻象的波澜 \

焦菊隐

朋友，从你载满了香花的诗集内，我寻到了一处黄沙蔽天所在，这就是北地，充满了愁惨云雾和别离的痛苦的北地。

来呀，在这梦的团聚里，我们将互握着柔腻的手，像一对小女孩儿，倚傍着香肩，微微地低语，道着爱慕的芳香言语，如春峡中潺潺的细泉一样清响。

来呀，这梦里，你将仍居在北地，不会再感到暖国里的相思症；也更不信北地充满了愁惨云雾和别离的痛苦。这里没有虚伪，只有希望的蓝鸟和翱翔的白鸽；这里没有沉雾，只有光明和清爽；这里将为一切“别离的愁苦”悲悼，哀它不再在北地盘留。

我的朋友，来呀；如果这能是真的，我将如飞过了彩云的小鸟的欢快。但，朋友，你没有来：睡里，梦中，我只有空伸着预备接收你的双手，你没有来，终究没有来！

这里终于还是愁云惨雾，和别离的悲苦。从你载满了回忆的香花的诗集里，我才晓得你为什么不会来到我的梦中！你也是正做着北地黄沙的好梦，盼候着我到你梦中去的！

一九二四，六，十六夜读赵景深的《幻象》，津。

\绿\

李广田

我独处在我的楼上。

我的楼上？——我可曾真正有过一座楼吗？连我自己也不敢断言，因为我自己是时常觉得独处楼上的。西北有高楼，上与浮云齐，这个我很爱，这也就是我的楼上了。

我独处在我的楼上，我不知道我作些什么，而我的事业仿佛就是在那里制造醇厚的寂寞。我的楼上非常空落，没有陈设，没有壁饰，寂静，昏暗，仿佛时间从来不打这儿经过，我好像无声地自语道："我的楼吗？这简直是我的灵魂的寝室啊！我独处在楼上，而我的楼却又住在我的心里。"而且，我又不知道楼外是什么世界，如登山人遇到了绝崖，绝崖的背面是什么呢？绝崖登不得，于是感到了无可如何的惆怅。

我在无可如何中移动着我的双手。我无意间，完全是无意地以两手触动到我的窗子了（我简直不曾知道有这个窗子的存在），乃如深闺中的少年妇人，于无聊时顺手打开一个镜匣，顷刻间，在清光中照见她眉宇间的青春之凋亡了。而我呢，我一不小心触动了这个机关，我的窗子于无声中豁然开朗，如梦中人忽然睁大了眼睛，独立在梦境的边缘。

我独倚在我的窗畔了。

我的窗前是一片深绿，从辽阔的望不清的天边，一直绿到我楼外的窗前。天边吗？还是海边呢？绿的海接连着绿的天际，正如芳草连天碧。海上平静，并无一点波浪，我的思想就凝结在那绿水上。我凝视，我沉思，我无所沉思着。忽然，我若有所失了，我的损失将永世莫赎，我后悔我不该发那么一声叹息，我的一声叹息吹皱了我的绿海，绿海上起着层层的涟漪。刹那间，我乃分辨出海上的萍、藻，海上的芰、荷，海上的芦与荻，这是海吗？这不是我家的小池塘吗？也不知是暮春还是初秋，只是一望无边的绿，绿色的风在绿的海上游走，迈动着沉重的脚步。风从萍末吹入我的窗户，我觉得寒冷，我有深绿色的悲哀，是那么广漠而又那么沉郁。我一个人占有这个忧愁的世界，然而我是多么爱惜我这个世界呀。

我有一个喷泉深藏胸中。这时，我的喷泉起始喷涌了，等泉水涌到我的眼帘时，我的楼乃倾颓于一刹那间。

\ 井 \

李广田

今夜，我忽然变成了一个老人。

我有着老年人的忧虑，而少年人的悲哀还跟随着我，虽然我一点也不知道：两颗不同滋味的果子为什么会同结在一棵中年的树上。

夜是寂静而带着嫩草气息的，这个让我立刻忆起了白色的日光，湿润的土壤，和一片遥碧的细草，然而我几乎又要说出：微笑的熟知的面孔，和温暖而柔滑的手臂来了。——啊！我是多么无力呀！我不是已经丝毫不能自制地供了出来吗？我不愿再想到这些了。于是，当我立定念头不再想到这些时，夜乃如用了急剧的魔术，把一切都淋在黑色的雨里，我仿佛已听到了雨声的丁当。

夜，暗得极森严，使我不能抬头，不能转动我的眼睛，然而我又影绰绰地看见：带着旧岁的枯黄根叶，从枯黄中又吐出了鲜嫩的绿芽的春前草。

我乃轻轻地移动着，慢慢地在院子里逡巡着。啊！丁当，怎么的？梦中的雨会滴出这样清脆的声响吗？我乃更学一个老人行路的姿势，我拄着一支想象的拐杖，以蹑蹀细步踱到了井台畔。

丁当，又一粒珍珠坠入玉盘。

我不知道我在那儿立了多久，我被那种慑服着夜间一切精灵的珠落声给石化了，我觉得周身清冷，我觉得我与那直立在井畔的七尺石柱同其作用：在负着一架古老的辘轳和悬在辘轳上的破水斗的重量，并静待着，谛听破水斗把一颗剔亮精圆的水滴掷向井底。

泉啊，人们天天从你这儿汲取生命的浆液，曾有谁听到过你这寂寞的歌唱呢？——当如是想时，我乃喜欢于独自在静夜里发掘了秘密，却又感到了一种寂寞的侵蚀。

今夜，今夜我作了一个夜游人，我的游，也就在我的想象中，因为我的脚还不曾远离过井台畔。

\松　明\

陆　蠡

没有人伴我，我乃不得不踽踽踯躅在这寂寞的山中。

没有月的夜，没有星；没有光，也没有影。

没有人家的灯火，没有犬吠的声音。这里是这样地幽僻，我也暗暗吃惊了。怎样地我游山玩水竟会忘了日暮，我来时是坦荡的平途，怎样会来到这崎岖的山路?

耳边好像听见有人在轻语："哈哈！你迷了路了。你迷失在黑暗中了。"

"不，我没有迷路，只是不知不觉间路走得远了。去路是在我的前面，归路是在我的后面，我是在去路和归路的中间，我没有迷路。"

耳边是调侃的揶揄。

我着恼了。我厉声叱逐这不可见的精灵，他们高笑着去远了。

萤火在我的面前飞舞，但我折了松枝把它们驱散。小虫，谁信你们会作引路的明灯?

我于是倾听淙淙的涧泉的声音。水应该从高处来，流向低处去。这便是说应该从山上来，流向山下去。于是我便知道了我是出山还是入山。

但是这山间好像没有流泉。即使有，也流得不响。因为我耳朵听不到泉涧的声音。

于是我又去抚摸树枝的表皮。粗而干燥的应是向阳，细软而潮润的应是背阴，这样我便可以辨出这边是南，那边是北。又一边是西，另一边是东方。

但是我已经走入了蓊密的森林里。这里终年不见阳光，我便更也无法区辨树木的向阳与否。

我真也迷惑了。我难道要在山间过夜，而备受这刁顽的精灵的揶揄。也许有野兽来跑近我，将它冰冷的鼻放在我的身上，而我感到恶心与腥腻？

我终于起来，分开野草，拿我手里的铁杖敲打一块坚硬的石。一个火星迸发出来。我于是大喜，继续用杖敲打这坚石，让星火落在揉细的干枯的树叶上。于是发出一缕的烟，于是延烧到小撮的树叶，发出暗红的光。我又从松枝上折得松明，把它燃点起来，于是便有照着整个森林的红光。

我凯旋似地执着松明大踏步归来。我自己取得了引路的灯火。这光照着山谷，照着森林，照着自己。

脑后，我隐隐听见山中精灵的低低的啜泣声。

\独　语\

何其芳

设想独步在荒凉的夜街上，一种枯寂的声响固执的追随着你，如昏黄的灯光下的黑色影子，你不知该对它珍爱抑是不能忍耐了：那是你脚步的独语。

人在孤寂时常发出奇异的语言，或是动作。动作也就是语言的一种。

决绝的离开了绿蒂的维特，独步在阳光与垂柳的堤岸上，如在梦里，诱人的彩色又激动了他作画家的欲望，遂决心试卜他自己的命运了；从衣袋里摸出一把小刀子，从垂柳里掷入河水中，若是能看见它的落下他就将成为一个画家，否则不。——那寂寞的一挥手使你感动吗？你了解吗？

我又想起了一个西晋人物，他爱驱车独游，到车辙不通之处就痛哭而返。

绝顶登高，谁不悲慨的一长啸呢？是想以他的声音填满宇宙的寥阔吗？等到追问时怕又只有沉默的低首了。我曾经走进一个古代的建筑物，画檐巨柱都争着向我有所诉说，低小的石阑也发出声息，像一些坚忍的深思的手指在上面呻吟；而我自己倒成了一个化石了。

或是黄昏的灯光下，放在你面前的是一册杰出的书，你将听见里面各个人物的独语。温柔的独语，悲哀的独语，或者狂暴的独语。

黑色的门紧闭着：一个永远期待的灵魂死在门内，一个永远找寻的灵魂死在门外。每一个灵魂是一个世界，没有窗户。而可爱的灵魂都是倔强的独语者。

我的思想倒不是在荒野上奔驰。有一所落寞的古颓的屋子，画壁漫漶，阶石上铺着白藓，像期待着最后的脚步；当我独自时我就神往了。

真有这样一个所在，或者在梦里吗？或者不过是两章宿昔嗜爱的诗篇的糅合，没有关联的奇异的糅合：幔子半掩，地板已扫，死者的床榻上长春藤影在爬；死者的魂灵回到他熟悉的屋子里，朋友伙在餐聚，嬉笑，都说着“明天明天”，无人记起“昨天”。

这是颓废吗？我能很美丽的想着“死”，反不能美丽的想着“生”吗？

冥冥之手牵张着一个网，“人”如一粒蜘蛛蹲伏在中央。憎固愈令彼此疏离，爱亦徒增错误的挂系。谁曾在自己的网里顾盼，跳跃，感到因冥冥之丝不足一割遂甘愿受缚的怅怅吗？

而何以我又太息：“去者日以疏，生者日以亲”？是慨叹着我被人忘记了，抑是我忘记了人呢？

“这里是你的帽子，”或者“这里是你的纱巾，我们出去走走吧！”我还能说这些惯口的句子。而我那有温和的沉默的朋友，我更记起他：他屋里有一个古怪的抽屉，精致的小信封，函着丁香花，或是不知名的扇形的叶子：像为着分我的寂寞而展示他温柔的记忆。墙上是一张小画片，翻过背面来，写着“月的渔女”。

唉。我尝自忖度：那使人类温暖的，我不是过分的缺乏了它就是充溢了它。两者都足以致病的。

印度王子出游，看见生老病死，遂发自印度人的宏愿。我也倒想有一树菩提之阴，坐在下面思索一会儿。虽然我要思索的是另外一个题目。

于是，我的目光在窗上徘徊了。天色像一张阴晦的脸压在窗前，发出令人窒息的呼吸。这就是我抑郁的缘故吗？而又，在窗格的左角，我发见一个我的独语的窃听者了：像一个鸣蝉蜕弃的躯壳，向上蹲伏着，噤默的，噤默的和着它一对长长的触须，三对屈曲的瘦腿。我记起了它是我用自己的手笔描画成的一个昆虫的影子，当它迟徐的爬到我的窗纸上，发出孤独的银样的鸣声，在一个过逝的有阳光的秋天里。

一九三四

\梦　后\

何其芳

梦中无岁月。数十年的卿相，黄粱未熟。看完一局棋，手里斧柯遂烂了。倒不必游仙枕，就是这床头破敝的布函，竟也有一个壶中天地，大得使我迷惘——说是欢喜又像哀愁。

孩提时看绘图小说，画梦者是这样一套笔墨：头倚枕上，从之引出两股缭绕的线，像轻烟，渐渐向上开展成另外一幅景色。叫我现在来画梦，怕也别无手法。不过论理，那两股烟应该缭绕入枕内去开展而已。

我家乡有一种叫做梦花的植物：花作雏菊状，黄色无香，传说除夕放在枕边，能使人记起一年所作的梦。我没有试过。孩提时有什么必须记起的梦呢：丢了一把锁匙，我得焦急之至，想若是梦倒好，醒来果然是梦，而已。

有些人喜欢白昼。明知如过隙驹，乃与之竞逐，那真会成一个追西方日头的故事吧，以渴死终。不消说应该伫足低徊一会儿之地丧失得很多了。我性子急躁，常引以自哀矜，但有时也是一个留连光景者，则大半在梦后。

知是夜，又景物清晰如昼，由于园子里一角白色的花所照耀吗？抑是——我留心的倒是面前的幽伴凝睇不语，在她远嫁的前夕。是远远的如古代异域的远嫁啊。

长长的赤兰桥高跨白水：去处有丛林茂草，蜜蜂熠耀的翅，圆坟丰碑，历历酋长之墓，水从青青的浅草根暗流着寒冷……

谁又，在三月的夜晚，曾梦过灰翅色衣衫的人来入梦，知是燕子所化？

这两个梦萦绕我的想象很久，交缠成一个梦了。后来我见到一幅画，“年轻的殉道女”；轻衫与柔波一色，交叠在胸间的两手被带子缠了又缠，丝发像已化作海藻流了；一圈金环照着她垂闭的眼皮，又滑射到蓝波上；倒似替我画了昔日的辽远的想象，而我自己的文章迟了两年遂不能写了。

现在我梦里是一片荒林，木叶尽脱。或是在巫峡旅途间，暗色的天，暗色的水，不知往何处去。醒来，一城暮色恰像我梦里的天地。

把锁匙放进锁穴里，旋起一声轻响，我像打开了自己的狱门，迟疑着，无力去摸索那一室之黑暗。我甘愿是一个流浪者，不休止的奔波，在半途倒毙；那倒是轻轻一掷，无从有温柔的回顾了。

而，开了灯看啊，四壁徒立如墓圹。墓中人不是有时还享有一个精致的石室吗？

“凡是一个不穿白而硬的衬衫的人是不会有才能和毅力的。”谁首肯这个意见吗，一位西班牙散文家说的？从前我爱搬家，每当郁郁时遂欲有新的迁移：我渴想有一个帐幕，逐水草而居，黑夜来时在树林里燃起火光。不知何时起世上的事都使我厌倦，遂欲苟简了之了。

Man delights not me；no，nor Womanneither.（此句意即：男人不喜欢我；不，女人也不喜欢我。语出莎士比亚《哈姆雷特》。——编者）哈孟雷特王子，你笑吗？我在学习着爱自己。对自已我们常感到厌恶。对人，爱更是一种学习，一种极艰难的极易失败的学习。

也许寂寞使我变坏了。但它教会我如何思索。

我尝窥觑，揣测许多热爱世界的人：他们心里也有时感到极端的寒冷吗？历史伸向无穷像根线，其间我们占有的是几乎无的一点。这看法是悲观的，但也许从之出发然后觉世上有可为的事吧。因为，以我的解释，他们都是理想主义者。

唉，“你不会带着祝福的心想念我吗?”是谁曾向我吐露过这怨语呢，抑是我向谁？是的，当我们只想念自己时，世界遂狭小了。

我当半夜失眠，熟悉了许多夜里的声音，近来更增多一种鸟啼。当它的同类都已在巢里梦稳，它却在黑天上飞鸣，有什么不平呢。

我又常憾“人”一点不会歌啸，像大江之岸的芦苇，空对东去的怒涛。因之遂羡慕天籁。从前有人隔壁听姑妇二人围棋，精绝，次晨叩之乃口谭而已。这故事每引起我一个寂寞的黑夜的感觉。又有一位古代的隐遁者，常独自围棋，两手分运黑白子相攻伐。有时，唉，有时我真欲向自己作一次滔滔的雄辩了，而出语又欲低泣。

春夏之交多风沙日，冥坐室内，想四壁以外都是荒漠。在万念灰灭时偏又远远的有所神往，仿佛天涯地角尚有一个牵系。古人云，“思君令人老，岁月忽已晚。”使我老的倒是这北方岁月，偶有所思，遂愈觉迟暮了。

六，二十一

\ 拾得的梦 \

唐　弢

在黎明的边涯，我拾得了这样的梦——

我梦见在冰岛上，冻云凝成碎块，依依于阴暗的冰谷。曾经为升平而点缀的花草，藤树，现在却僵卧在小径上，萎悴狼藉，凝成了行人的绊脚石。但这里又似乎并无行人，有的只是空漠，是阴森和死寂，连空气也结成冰柱，我用自己的呵气溶化它，呼吸这溶化了的一点，聊延残喘。

有残喘，也就有呵气，我活下去。

四围，红的波涛中，流荡着大大小小的冰块。圆的，像骷髅；长的，像骨骼；随波起伏。它们在跳舞，在狞笑，拥积在冰岛的沿岸，像春天的水面的浮渣一样，被风带到了幽僻的一角。

我嗅到了腐臭的气息，是死狗皮。

我见到了臃肿的形体，是烂猪肉。

那跳动的是主和的舌，那灰白的是卑鄙的心，夹着骷髅，骨骼，随波起伏。

它们在跳舞，在狞笑。

我始而静思，继而沉吟，终于大笑，宇宙也跟着我笑起来，冰柱在这笑声里溶解，因为，群的笑声里的呵气，是和煦的春风，带着更多的热意。

一株小草从冰的裂缝里跳出来，无数株小草从冰的裂缝里跳出来，顷刻，绿遍了全岛。

我问：

——春天到来了吗？

——用我们的力量，带着它来！

我始而静思，继而沉吟，终于大笑，海洋也跟着我笑起来，冰块在这笑声里溶解，因为，群的笑声里的呵气，是和煦的春风，带着更多的热意。

一个浪头从海的幽邃处卷起来，无数个浪头从海的幽邃处卷起来，顷刻，澄清了海面。

我问：

——朝暾上来了吗？

——用我们的力量，带着它来！

冻云飞散了，冰谷里冒出奔腾的迷雾。风，温暖地吹着，澄波映着青天，那上面挂着一个白热的朝阳，金光染红了整个宇宙。

冰岛在溶解，动荡，崩裂，……我的脚又踏到了实地。

一九三九，一，八

\如　果\

唐　弢

如果生命是一道光，梦该是出现在光里的影子，而死是泯灭这两者的黑暗。

一年来，我时时寻梦，然而我捏着了一把看不见的黑暗。那是多么深远的黑暗呵！没有光，也不留一丝影子，生命在无梦里沉坠。——有一声亲切的探问吗？我等候着一个幽魂的出现，在无人的静处，静时。

生命在无梦里沉坠。

远远，浓林的背后，夜悄悄地掩来了。

于是我点上一支无焰的白烛。火球毫不跳动，却只是寂寞地燃烧着，像嵌在忧郁的蓝天里的星星。那，怕不是真的火，却只是挂在谁的记忆里的一缀幽辉，留在褪了色的古老的画图上一抹不灭的藤黄——相传是土人从岩上采撷下来的蛇矢，能毒死人命，使壮健的牙齿纷纷凋落。

我睨着这一星的亮光。

——如果它能使我的牙齿凋落，如果它能制我死命，我苦笑了：那不是真的火。

我伸出手，扭住这一星的亮光，嗳哈，它没有烧痛我的指头，却很快的隐灭了。

暗。

夜披上黑纱，拖了黑的言语，带着欢欣的口吻向我低诉，说这才灭的亮光的存在曾使它感到窒息，而现在，它可以欠伸得非常舒服了，它的灰玄的羽毛展覆着每一个角落，使一切都还于无色。它是这无色的主宰。

我懊悔刚才的措施，决计把亮光释放，张开手指，我希望有一道闪电从我的掌心飞起，飞向白烛的顶巅。

没有。

夜狡猾地笑了。

像魔术师祭起他的法宝，我抖擞精神，点上满身愤火，让自己燃烧着，黑暗里，火花四射，这肉身不就是一缀亮光？虽然它没有影子。

我即刻找到了火种。

白烛又冉冉光亮了，火球还是毫不跳动。荧荧，它陪伴着中夜的静寂。

如果生命是一道光，梦该是出现在光里的影子，而死是泯灭这两者的黑暗。

——我能有一个梦吗？

推开窗，外面一例静寂。好月高挂桐梢，满院是一片踏碎了的影子。

镗！

是何处传来这晚祷的声音！

一九四〇，十，廿七

\ 我的声音和我的存在 \

纪　弦

我发出声音，不断地，在我的有壳的宇宙里。壳坚韧而又透明，如不碎玻璃。我的宇宙是绝对的。

我必须发出声音。因为只有我自己的声音才能证实我的存在。一切不可靠。一切不可信。一切危险：那些紧紧包围着我的具诱惑性的诸形态和种种魔术的意义。我必须无视于其形态之丑恶或美好。我必须无知于其意义之深刻或浅薄。否则，被取消的必然是我自己——来自任何方向的一阵狂风都可把我吹熄，如吹熄一根火柴的火，那么轻而易举地。

我的声音是多样的，如太阳之七色。有单纯色，有复合色，千变万化，层出不穷。我抹我的声音以青色，橙色，柠檬黄色，紫色，绿色，宝石蓝色，灰色，白色和极黑的黑色；也有抹以强烈的赤色和红色的。但是我的赤色不是共产国际的旗的赤色，我的红色也不是他们的红场的红色，而我的生命的本质的燃烧，不可遏抑的，不可扑灭的，致命的，致命的燃烧。

简单而又复杂，宁静而又动乱，我的声音。近而又远，瞬而又永，我的声音。我的声音证实我的存在。故我不断地发出声音，在我的有壳的绝对的宇宙里。

\画　室\

纪　弦

我有一间画室，那是关起来和一切人隔绝了的。在那里面，我可以对着镜子涂我自己的裸体在画布上。我的裸体是瘦弱的，苍白的，而且伤痕累累，青的，紫的，旧的，新的，永不痊愈，正如我的仇恨，永不消除。

至于谁是用鞭子打我的，我不知道；谁是用斧头砍我的，我不知道；谁是用绳子勒我的，我不知道；谁是用烙铁烫我的，我不知道；谁是用硝镪水浇我的，我不知道。

我所知道的是在我心中猛烈地燃烧着有一个复仇的意念。

但是我所唯一可能并业经采取的报复手段，只是把我的伤痕，照着它原来的样子，描了又描，绘了又绘；然后拿出去，陈列在展览会里，给一切人看，使他们也战栗，使他们也痛苦，并尤其使他们也和我同样地仇恨不已。而已而已。

\ 橹 \

徐　迟

你没入雾里去的时候，我把你比做了橹，橹这样摇曳的远去了，没入深雾里去了。在美丽的河床上，须有美丽的橹的步伐的。水的花上，沾着雾，然而在这冬天的市街上，气候凝固，你为什么不借着这冰冻的掩映的夕暮的街灯之光，投给我一个侧影的鱼似的视线呢?橹的胴体上，抹着黄色的桐油；橹是人鱼，橹是游泳的女郎——你是爱侧泳的吗？

我目送你，侧往左，侧往右，渡水，渡桥，在桅樯之影的林中隐没入雾里了。

载着我的心的是你这美丽的船舶，而你这支美丽的橹摇着了我的恋爱了。

\陨　落\

陈敬容

这是谁底脚步声呢，又轻又细，在窗外格格地，平匀地响着。是小雨滴吗？——可爱的圆润的小雨滴。在少雨的北方，夜中微雨因一种特有的甜蜜之感而变得珍奇了。

然而我立时记起，该是那个甲虫又在纱窗上飞扑；每晚，当我底倦眼徐徐下沉时，这低微的格格声就模糊成一片梦底飘忽的弦乐。

但我现在是醒着吗？

一丝微风轻轻飘过，落在槐树底叶子上，碎了——不，碎的是梦里白发，那我刚握着时还是长长的美丽的发丝，后来全变成雪白，碎在我底手中了。

不是下着雨吗？怎么不听见滴滴的清声了——也许刚才是母亲眼中的凄迷的雨吧。

真记不清了，哀愁和欢愉一样地容易失落。

秋霜一般的银发还在我底手中，是碎成了细屑的，不复是缕缕的了。每一粒细屑现在跳跃着，映出各种色调的往事，令我吟味着秋天黄叶衰草的清芬，和寒冬霜雪的冷艳；又像是夏夜的郊原里，一颗金色的星子悄悄地陨落……

一九三五春，北平

\投　掷\

陈敬容

又望见河，又漫步在河的边岸了。

将落的太阳像一个红色灯笼挂在天际，仿佛还恋恋于临去的白日，将光辉久久地涂抹着银蓝的天空。

两个同伴琐细地谈说着一些故乡风物，一些远去或死去的亲属和友人。他们底语音溶入黄昏，和黄昏一起变得模糊了。他们时而爽朗地笑，时而又轻声叹息。

我落入沉思，落入一些悠久的，被遗忘了的年月里，又从那儿走出，涉渡到一些较近的艰难的回忆……

而最后，转到了那不可知的未来底种种可能的描绘。

我们在石桥上停下来，看一会缓缓地流着的河水。远远的一条小路上，人们忙忙地走着，因为夜就要来了，黑暗将覆盖着整个河川，田野，和那小小的村堡。向这暮霭里的江山投了最后依依的一瞥，我们也转身走向归路了；这回，年青的同伴们有了长久的缄默。

我向春天，向春天的黄昏倾听，满怀着温柔。我在探求或是期待着什么吗？不呵，我只是有一点滞塞。我用力重重地呼吸一下，我要将所有春天的芳香一齐吸入我底灼热的脉管里。

于是我唱起一支温婉的歌。

温婉的四月夜呵，你底叛徒重又向你归来哪，她在将自己整个地向你投掷。

一九四五，四，一〇，白沙

\飘　移\

灵　焚

一

多少年之后，风还在翻越波浪，喘息着靠近天空。

天空很低，由树冠支撑。参差不齐的四极距离可以摸抚的地方。不知昏睡多久了，梦里的风沙已经停息，橘子色的土壤上驼队显得疲惫不堪。

太阳以及月亮最辉煌的时刻在那一次昂首之际已经呼啸而去，雁阵成为化石，没有仙人掌的地方，孙子们挖掘着接近我们。

这里什么地方？山不像山，海不像海，鸟声已经绝迹。还记得那一次我随你晕眩的目光升起？

这是高原吗？垂下的四肢如绝壁苍苍茫茫。

铁门的响声在遥远的地方滚动，我是被这声音惊醒了吗？在眼睛睁开之前总要回忆点什么思考些什么吧！可是大脑浑浑沌沌，尽是千年无人打扫的风尘。

以手加额，霜雪从心底漫卷而至。额上佝偻着无数男人和女人圣洁的肉体在呻吟。

那个富足的股票经纪人饿死在神秘的塔希提岛上，呼唤世界始终没有回声，昼夜成为一幅空前绝后的谜。

就这样闭着眼睛飘移吧！管他从哪里来，到哪里去。

二

那果实现在还想咬一口，既然这样，我们为什么不攀摘呢？

其实不是蛇们的诡计，我们早已垂涎几千条江河舔食日月。

蛇们是无罪的，上帝。

我们饱尝拥抱中迷醉。我们再也不是两只羔羊吻着你冰冷的眼皮和指尖。我们不再走失。

放逐就放逐。那棵被风放逐被雷轰击的树孤立荒原，不知柱持多少个苍老的黄昏。

一整天，我们用散发油墨味的报纸裹起赤裸的肉体，走过一条一条霓虹灯布满的街道。我们携扶着，最后走进豪华的剧场。

吉他沿着打击乐器的丁冬琤蹒跚走来，云朵自您臀部一团一团升腾，腰扭成弯弯曲曲一条河。玻璃球旋转起来了，繁星如流萤飞满我披长茅草的肩边。

舞台是迷人的，吸引演员也吸引观众。

该轮到你表演了。我们很得意，以追光灯压迫你，赞美的掌声仅仅为了掠夺你的丰采，并任意把你撕得粉碎。

你是无法挣脱的。我们在你的深处，播动你的情绪，激昂，激昂，激昂……

最后，你旁若无人地高歌。

我们又一次崩溃了。

那个俄克拉何玛城的业余歌手（俄克拉何玛城是美国摇滚乐的创始人詹姆斯·泰雷的诞生地），一夜之间攻占了所有城市的橱窗。

三

总算逃出来了。

那座公寓简直是魔方。楼梯随便走动，隔墙随便走动，看准了沙发坐下来，却摔个四脚朝天……

大概是星期天，公园里的人真多。

上了发条的旅行包搭在肩上还在紧逼着我们啦！

隔了这么多栏栅，我们熟悉而又陌生。

猴子在人造的树上表演似乎是向我们暗示什么；

孔雀打开五彩的羽屏在炫耀什么？

野狼在铁的笼子里转来转去，绝望的眼神隐藏着什么？

那长颈鹿总把长长的脖子伸过蔚蓝的天空张望什么……

哈哈，真带劲！我们隔着这么多栏栅。

怎么啦？为什么把衣裳撕下来?！为什么?！大家都赤身裸体朝一片森林狂奔而去。

一个大湖环绕着公园的四周，面前是一排无尽的栏栅。

我们也被囚禁了。

逃亡吧！呵不!！就地坐下来靠着这栏栅，再一次闭上眼睛。

给我一个梦吧！那栏栅应该是我们失去的森林，我们可以爬上一棵树，连遮羞的叶子都摘去，旁若无人地。

并向世界，投去我们一丝不挂的目光。

\心 境\

喻子涵

我们漫无目的，懒散如冬天阳光下卧着的牛群。

卧着其实是一种姿态，不怕饥渴、也不怕酷晒和凝冻的姿态，蒲公英飞行后安然降落的姿态，沉默就是胜利的姿态。

我们把眼皮微微合上，只留一条斜缝，让内心与外界时时相通。

卧着很平安，卧着回忆一些往事，心情很宽松。

卧着便能睡去，和时间一样平等、永久。

我们随时可以醒来。其实我们睡着就是醒着。

我们仰望苍天，看月亮与太阳轮番登台演说。尽管他们的主张各有各的道理，但最终都被乌云抹去。

我们最初信任太阳和月亮，但我们现在信任的是自己和我们厚重的乌云。

乌云名声不好，就像乌鸦的坏名声一样，但他自己很严正，外人有所不知。他喜欢清洁，他总是把天空擦洗得明明净净，清清白白，像一块镜子，让我们卧着的人随时自观自照。

其实我们的形状还可以，我们眉清目秀，体格健全，天资聪颖，善战能征，但我们选择卧下，乌云就喜欢我们这些卧下的人。

横扫世界的风，他游走草地、村庄和原野，隐居此地变成了高明的相术学家。

他搬弄我们的手指，寻找我们的五官。他的眼睛突然停留在我们的眼睛里，他发觉多年寻找的秘密的答案就在这清澈的眼睛里。

他从我们的眼睛钻进躯体的内部，敲打我们的脊梁，他说我们的灵魂并没有死，而是在博大的虚无中深沉地运动着。他认为我们将来会了不起。如果我们的躯体一旦爆炸，灵魂就以巨大的力量摧毁世界，以迅猛之势占领一切。

其实我们内心究竟什么样，我们谁也不清楚。我们半信半疑继续卧着。

我们理解寓言和神话的合理性，就像风看不见但它确实是风。

可我们不去研究这些。我们只知道现时是一群眯眼横卧、咀嚼往事、幻想未来而漫无目的的牛。我们继续卧着，有时闭上眼睛静静睡去，心情很宽松，就像一片湖泊，宁静悠远而无所不知。

\ 新的生命 \

［法］雨 果

我在自己身上感到了未来的生命。我仿佛是一片被砍伐过不止一次的树林那样，新生命的萌芽，从来没有像今天那么旺盛。阳光下我不断成长，大地慷慨地赋予我生命，天国，又把那神奇世界的光辉洒满我一身。

你说，灵魂无非是体力凝成的果；可是为什么，为什么我体力衰退时，我的灵魂却燃烧得那么炽烈？寒冬临近了，我的心中却充满着盎然春意。我，闻到了我青春时代的芬芳，闻到了紫罗兰、丁香和蔷薇的气息。愈是接近终点，就愈清晰地感觉到那期待着我的未来世界的永恒的交响乐的声音。啊，它是那么微妙，却又那么单纯。

\ 月　光 \

［法］贝特朗

在一天和另外一天分界的时候，整个城市都寂静地睡着，我在一个冬天夜里陡然一惊地醒来，我听到身旁有个声音在叫我的名字。

我的房间里是半明半暗，月亮，披着一件烟雾似的长袍，像一位缟素的仙女，正在透过窗子。凝视我的睡眠，并且对我微笑。

一队夜巡兵正在街上走过，一条无家之狗在幽静无人的十字路口狂吠，一只蟋蟀在我的火炉旁边吟唱。

不久，这些嘈杂声逐渐地轻下来。夜巡兵已经走远了。一户人家开了门，让那条可怜的被遗弃的狗进去，蟋蟀也唱倦了，入睡了。

至于我呢，刚刚摆脱了一个梦，眼睛还给另外一个世界的种种奇观眩惑着，在我周围的一切东西，好像是一个梦。

啊，在半夜里醒来，这是多么甜美呀！当那个神秘地流到你床上来的月亮，以一个忧郁的亲吻唤醒你的时候。

\ 风景的起源或仁慈的结束 \

［希腊］埃利蒂斯

突然燕子的阴影收割到它的怀乡病的忧郁：正午。

太阳用一块锐利的燧石，慢慢地，巧妙地，把西风的双翼镌刻在“正义女儿”的肩头高处。

日光给我的肌肤以影响，紫色的斑痕忽而在我胸上出现，恰好是悔恨曾触及我使我疯狂奔跑的地方。于是我由于睡在陡峭的树叶中而枯透了，我被孤单地留下来，孤单地。

我嫉妒水珠，那颂扬乳香黄连木而未被发觉的水珠。但愿我在那双神奇的能看到仁慈结束的眼睛中能够像它那样就好了。

或者我也许就像它？从那浑身上下毫无破绽的岩石的粗犷中我认出了我的倔强的颚。它在另一个时代曾撕裂过野兽呢。

而那边的沙，由于大海曾经给我的喜悦而安定下来，那时人们亵渎她，而我张开双臂赶紧去从她身上寻求慰藉。这就是我当时寻找的吗？这纯洁？

水在倒流，我进入爱神圣的精神中，那儿恋人们在躲避迫害。当我的胸膛喘息时，我再一次听到拂着它的毛发的丝巾。还有这声音，“我的亲爱的”，在夜里，在深谷中，那儿我割断了星星的缆索，夜莺正试着显形。

真的，无论我必须通过什么样的渴望和嘲笑，我的两眼和手指中有着一个不受腐化的誓言。是的，它们正是那样，在我努力使那无边的蓝天变得柔和的时候。

我说话。而且，我转过脸去，再次在日光中面对它，当它牢牢地盯着我的时候，冷酷无情地。

那是纯洁。

美丽的、由于多年的阴影而显得忧郁的、正义的女儿在太阳的信号灯下哭泣。

当她守望着我再一次走遍这个世界，这个没有神、可是由于我还活着时从死亡夺得的东西而沉重下垂的世界。

突然那燕子的阴影收割到它的怀乡病的忧郁：正午。

\夜之歌\

［德］尼　采

夜已到来：现在喷泉之声音响得愈高了。而我的灵魂也是一个喷泉。

夜已到来：现在爱人之歌醒了。而我的灵魂也是一首爱人之歌。

我身上有一件从未平静过，也不能平静的东西；它想高喊起来。我身上有一个爱的渴望，它正说着爱的言语。

我是光：唉，我真希望我是夜呢！我被光围绕着，这正是我的孤独啊！

唉，我希望我是阴影与黑暗呢！我会怎样地在光之乳房上解我的渴啊！

一闪一闪的小星，天上放光的虫啊，我愿祝福你们，而被你们的光之礼物所祝福。

但是，我生活在自己的光里，我吸回从我爆裂出来的火焰。

我不曾尝过取得者之快乐；我常常梦想：偷窃应比取得更为甜蜜。

我的贫困便是我两手之不停的给与；我的妒忌便是我常看见期待的眼睛和渴望之星夜。

啊，给与者之不幸啊！我的太阳之偏食啊！希求渴望之渴望啊！满足中极度的饥饿啊！

他们取得我的给与：但是，我是否接触到他们的灵魂呢？授受之间，有一个深谷；而最小的深谷是最后被架上桥的。

一种饥饿发生于我的美里。我想伤害我照耀着的人们；我想抢掠我曾给与赠品的人们：——我如此地想作恶事。

当别人想握我的手的时候，我却缩回我已伸出的手；我迟疑着，如急倾的瀑布迟疑一样：——我如此地想作恶事！

我的丰富沉思着这种报复；我的孤独诞生了这种恶念。

我给与时的幸福因给与而死去；我的道德已经厌倦了它自己的丰满！

常常给与的人有失去羞涩的危险；因为这人的心与手，终于会因分赠而生出一层硬厚的皮。

我的眼睛不再为请求者之羞惭而流泪；我的手皮变成硬厚的，不能感觉到受施者的手之战栗。

我的眼泪和我的心之柔嫩何往了呢？啊，给与者之寂寞啊！发光者之沉默啊！

许多太阳在空间绕行着：它们的光向一切黑暗之物说话。——但是对于我，它们却沉默着。

啊，这是光对于其他发光的一切之恨恶：它毫无怜悯地继续着它的前进。

每一个太阳对于其他发光的一切，都是由衷地不公平；对于其他太阳是冷酷：——它如此地继续着它的前进。

太阳们循着它们的轨道大风暴似的飞进：那是它们的旅行。它们遵从着它们的不可阻挠的意志：那是它们的冷酷。

啊，只有你们，黑暗的夜间之物啊，从光取得了你们的温热！啊，只有你们，在光之胸前吸饮安慰的乳汁！

唉，冰围着我；我的手接触着冰而发烧！唉，我渴，而我的渴是一种希求你们的渴之渴！

夜已到来：唉，为什么我不得不是光呢！而渴求着黑暗呢！而孤独呢！

夜已到来：现在我的渴望泉似的喷射着，——它要高喊。

夜已到来：现在喷泉之声音响得愈高了。而我的灵魂也是一个喷泉。

夜已到来：现在爱人之歌醒了。而我的灵魂也是一首爱人之歌。

查拉斯图特拉如是歌唱。

\ 昨夜我看见 \

［加拿大］斯洛特

昨夜我看见你的脸适合于另一个颅骨上。我听见你的嗓音和笑声穿过别的嘴唇。

一条细线自你的另一张脸上空缺；我蚀刻在你的前额上的那条细线。它是我们一同追溯的线，我们眼睛附近的同一条线。

今天我想知道你是否在什么地方来到了我们的线条相交之处；时间和肉体相互横越之处；我与你将再次成为间隔之处。

有一个彗星和所有的潮汐相遇以及我们也将再次如此的点。

生命感悟

\生　机\

沈尹默

枯枝上的残雪，渐渐都消化了；那风雪凛冽的余威，似乎敌不住微和的春气。

园里一树山桃花，他含着十分生意，密密的开了满枝。

不但这里，桃花好看，到处园里，都是这般。

刮了两日风，又下了几阵雪。

山桃虽是开着，却冻坏了夹竹桃的叶，地上的嫩红芽，更僵了发不出。

人人说天气这般冷，草木的生机恐怕都被挫折；谁知道那路旁的细柳条，他们暗地里却一齐换了颜色！

\ 小品六章 \

郭沫若

一　路畔的蔷薇

清晨往松林里去散步，我在林荫路畔发见了一束被人遗弃了的蔷薇。蔷薇的花色还是鲜艳的，一朵紫红，一朵嫩红，一朵是病黄的象牙色中带着几分血晕。

我把蔷薇拾在手里了。

青翠的叶上已经凝集着细密的露珠，这显然是昨夜被人遗弃了的。

这是可怜的少女受了薄幸的男子的欺绐？还是不幸的青年受了轻狂的妇人的玩弄呢？

昨晚上甜蜜的私语，今朝的冷清的露珠……

我把蔷薇拿到家里来了，我想找个花瓶来供养它。

花瓶我没有，我在一只墙角上寻着了一个断了颈子的盛酒的土瓶。

——蔷薇哟，我虽然不能供养你以春酒，但我要供养你以清洁的流泉，清洁的素心。你在这破土瓶中虽然不免要凄凄寂寂地飘零，但比遗弃在路旁被人践踏了的好罢？

二　夕暮

我携着三个孩子在屋后草场中嬉戏着的时候，夕阳正烧着海上的天壁，眉痕的新月已经出现在鲜红的云缝里了。

草场中牧放着的几条黄牛，不时曳着悠长的鸣声，好像在叫它们的主人快来牵它们回去。

我们的两母鸡和几只鸡雏，先先后后地从邻寺的墓地里跑回来了。

立在厨房门内的孩子们的母亲向门外的沙地上撒了一握米粒出来。

母鸡们咯咯咯地叫起来了，鸡雏们也啁啁地争食起来了。

——“今年的成绩真好呢，竟养大了十只。”

欢愉的音波，在金色的暮霭中游泳。

三　水墨画

天空一片灰暗，没有丝毫的日光。

海水的蓝色浓得惊人，舐岸的微波吐出群鱼喋噏的声韵。

这是暴风雨欲来时的先兆。

海中的岛屿和乌木的雕刻一样静凝着了。

我携着中食的饭匣向沙岸上走来，在一只泊系着的渔舟里面坐着。

一种淡白无味的凄凉的情趣——我把饭匣打开，又闭上了。

回头望见松原里的一座孤寂的火葬场。红砖砌成的高耸的烟囱口上，冒出了一笔灰白色的飘忽的轻烟……

四　山茶花

昨晚从山上回家，采了几串茨实、几簇秋楂、几枝蓓蕾着的山茶。

我把它们投插在一个铁壶里面，挂在壁间。

鲜红的楂子和嫩黄的茨实衬着浓碧的山茶叶——这是怎么也不能描画出的一种风味。

黑色的铁壶更和苔衣深厚的岩骨一样了。

今早刚从熟睡里醒来时，小小的一室里漾着一种清香的不知名的花气。

这是从什么地方吹来的呀？——

原来铁壶中投插着的山茶，竟开了四朵白色的鲜花！

啊，清秋活在我壶里了！

五　墓

昨朝我一人在松林里徘徊，在一株老松树下戏筑了一座砂丘。

我说，这便是我自己的坟墓了。

我便拣了一块白石来写上了我自己的名字，把来做了墓碑。

我在墓的两旁还移种了两株稚松把它伴守。

我今朝回想起来，又一人走来凭吊。

但我已经走遍了这莽莽的松原，我的坟墓究竟往哪儿去了呢？

啊，死了的我昨日的尸骸哟，哭墓的是你自己的灵魂，我的坟墓究竟往哪儿去了呢？

六　白发

许久储蓄在心里的诗料，今晨在理发店里又浮上了心来了。——

你年青的，年青的，远隔河山的姑娘哟，你的名姓我不曾知道，你恕我只能这样叫你了。

那回是春天的晚上罢？你替我剪了发，替我刮了面，替我盥洗了，又替我涂了香膏。

你最后替我分头的时候，我在镜中看见你替我拔去了一根白发。

啊，你年青的，年青的，远隔河山的姑娘哟，飘泊者自从那回离开你后又飘泊了三年，但是你的慧心替我把青春留住了。

一九二五，十，二十

\银　杏\

郭沫若

银杏，我思念你，我不知道你为什么又叫公孙树。但一般人叫你是白果，那是容易了解的。

我知道，你的特征并不专在乎你有这和杏相仿佛的果实，核皮是纯白如银，核仁是富于营养——这不用说已经就足以为你的特征了。

但一般人并不知道你是有花植物中最古的先进，你的花粉和胚珠具有着动物般的性态，你是完全由人力保存了下来的奇珍。

自然界中已经是不能有你的存在了，但你依然挺立着，在太空中高唱着人间胜利的凯歌。

你这东方的圣者，你这中国人文的有生命的纪念塔，你是只有中国才有呀，一般人似乎也并不知道。

我到过日本，日本也有你，但你分明是日本的华侨，你侨居在日本大约已有中国的文化侨居在日本的那样久远了吧。

你是真应该称为中国的国树的呀，我是喜欢你，我特别的喜欢你。

但也并不是因为你是中国的特产，我才特别的喜欢，是因为你美，你真，你善。

你的株干是多么的端直，你的枝条是多么的蓬勃，你那折扇形的叶片是多么的青翠，多么的莹洁，多么的精巧呀！

在暑天你为多少的庙宇戴上了巍峨的云冠，你也为多少的劳苦人撑出了清凉的华盖。

梧桐虽有你的端直而没有你的坚牢；

白杨虽有你的葱茏而没有你的庄重。

熏风会媚妩你，群鸟时来为你欢歌；上帝百神——假如是有上帝百神，我相信每当皓月流空，他们会在你脚下来聚会。

秋天到来，蝴蝶已经死了的时候，你的碧叶要翻成金黄，而且又会飞出满园的蝴蝶。

你不是一位巧妙的魔术师吗？但你丝毫也没有令人掩鼻的那种的江湖气息。

当你那解脱了一切，你那槎枒的枝干挺撑在太空中的时候，你对于寒风霜雪毫不避易。

那是多么的嶙峋而又洒脱呀，恐怕自有佛法以来再也不曾产生过像你这样的高僧。

你没有丝毫依阿取容的姿态，但你也并不荒伧；你的美德像音乐一样洋溢八荒，但你也并不骄傲；你的名讳似乎就是“超然”，你超在乎一切的草木之上，你超在乎一切之上，但你并不隐遁。

你的果实不是可以滋养人，你的木质不是坚实的器材，就是你的落叶不也是绝好的引火的燃料吗？

可是我真有点奇怪了：奇怪的是中国人似乎大家都忘记了你，而且忘记得很久远，似乎是从古以来。

我在中国的经典中找不出你的名字，我很少看到中国的诗人咏赞你的诗，也很少看到中国的画家描写你的画。

这究竟是怎么一回事呀，你是随中国文化以俱来的亘古的证人，你不也是以为奇怪吗？

银杏，中国人是忘记了你呀，大家虽然都在吃你的白果，都喜欢吃你的白果，但的确是忘记了你呀。

世间上也尽有不辨菽麦的人，但把你忘记得这样普遍，这样久远的例子，从来也不曾有过。

真的啦，陪都不是首善之区吗？但我就很少看见你的影子；为什么遍街都是洋槐，满园都是幽加里树呢？

我是怎样的思念你呀，银杏！我可希望你不要把中国忘记吧。

这事情是有点危险的，我怕你一不高兴，会从中国的地面上隐遁下去。

在中国的领空中会永远听不着你赞美生命的欢歌。

银杏，我真希望呀，希望中国人单为能更多吃你的白果，总有能更加爱慕你的一天。

一九四二，五，二十三

\梨　花\

许地山

她们还在园里玩，也不理会细雨丝丝穿入她们底罗衣，池边梨花底颜色被雨洗得更白净了，但朵朵都懒懒地垂着。

姐姐说："你看，花儿都倦得要睡了！"

"待我们摇醒他们。"

姐姐不及发言，妹妹底手早已抓住树枝摇了几下。花瓣和水珠纷纷地落下来，铺得银片满地，煞是好玩。

妹妹说："好玩啊，花瓣一离开树枝，就活动起来了！"

"活动什么，花儿底泪都滴在我手上哪。"姐姐说这话时，带着几分怒气，推了妹妹一下。她接着说："我不和你玩了；你自己在这里罢。"

妹妹见姐姐走了，直站在树下出神。停了半晌，老妈子走来，牵着她，一边走着，说，"你看，你底衣服都湿透了；在阴雨天，每日要换几次衣服，教人到哪里找太阳给你晒去呢？"

落下来底花瓣，有些被她们底鞋印入泥中；有些粘在妹妹身上，被她带走；有些浮在池面，被鱼儿衔入水里。那多情的燕子不歇把鞋印上底残瓣和软泥一同衔在口中，到梁间去，构成他们底香巢。

\ 杨柳与水莲 \

宗白华

晚风里的杨柳对残月下的水莲说：

“太阳起来了，你睡醒了么？你花苞似的眼里为什么含了清泪?”

“他是我昨夜恐惧悲哀的泪，也是我今朝欢欣感激的泪。”

“你恐惧着什么？你悲些什么?”

“啊，夜的黑暗呀，污泥里面的冷遇呀!”

“你不曾看见夜的美么?”

“我含泪的眼和悲哀的心，一届黄昏，就深藏到绿叶的沉梦里。”

“夜的幕上有繁星织就了的花园，园中有月神在徘徊着，有牛童织女在恋爱着，有夜莺啼着，有花香绕着，你何不从那绿叶的帘里，来到碧夜的幕中!”

水莲说：“啊，是呀!”

太阳落后，明月起时，可怜的水莲，抱着她悲哀的心，含泪的眼，亭亭的立在黑暗的深处。

\野　鹿\

桓　夫

野鹿的肩膀印有不可磨灭的小痣和其他许多许多肩膀一样眼前相思树的花蕾遍地黄黄黄黄的黄昏逐渐接近了但那老顽固的夕阳想再灼灼反射一次峰峦的青春而玉山的山脉仍是那么华丽俨然这已不是暂时的横卧脆弱的野鹿抬头仰望玉山看看肩膀的小痣小痣的创伤裂开一朵艳红的牡丹花了

血喷出来以回忆的速度让野鹿领略了一切由于结局逐渐垂下的幔幕猎人尖箭的威胁已淡薄

很快地血色的晚霞布满了遥远的回忆野鹿习性的谛念品尝着死亡瞬前的静寂而追想就是永恒那么一回事嘿那阿眉族的祖先曾经拥有七个太阳你想想七个太阳怎不烧坏了黄褐皮肤的爱情谁都在叹息多余的权威贻害了欲望的丰收于是阿眉族的祖宗们曾经组队打猎去了呢徒险涉水打猎太阳去了呢 ——血又喷出来

艳红而纯洁的扩大了的牡丹花——现在只存一个太阳现在许多意志许多爱情属于荒野的冷漠在冷漠的现实中野鹿肩膀的血丝不断地流着不断地痉挛着野鹿却未曾想过咒骂的怨言而创口逐渐丧失疼

痛曾灼热的光线放射无尽烦恼的盛衰那些盛衰的故事已经辽远

野鹿横卧在岗上已是一片死寂和幽暗美丽而广阔的林野是永远属于死了的野鹿那么想那么想着那朦胧的瞳膜已映不着霸占山野的那些狰狞的面孔了映不着伙伴们互争雌鹿的爱情了哦！爱情爱情在欢乐的疲惫之后昏昏睡去睡……去……

\ 只有根一直醒着 \

牛 汉

江南，阴冷阴冷的一月，雨雪交加。窗外，一株我自植的青桐，几天之间脱尽了密密匝匝宽大的叶片和细弱的冻僵了的枝条。剩下的树枝都是很粗壮的，尖端呈拳头状，它们紧紧地攒着一丛丛青嫩的春芽，不到春天拳头决不松开。呼啸的寒风摇撼着它们，拳头不屈地挥动着，发出嗡嗡的声响，寒风一定感到疼痛，呼嗥着逃走了。每当静夜，我听着久久不能入眠。

光秃秃的树干，无牵无挂地沉入了梦境。

青桐睡着了，像马一般站着睡，山峰一般耸立着睡。

只有根一直醒着，在黑沉沉的地下。

还有绿的树液，在根茎里上上下下不息地奔流……

\海　星\

陆　蠡

孩子手中捧着一个贝壳，一心要摘取满贝的星星，一半给他亲爱的哥哥，一半给他慈蔼的母亲。

他看见星星在对面的小丘上，便兴高采烈的跑到小丘的高顶。

原来星星不在这儿，还要跑路一程。

于是孩子又跑到另一山岭，星星又好像近在海边。

孩子爱他的哥哥，爱他的母亲，他一心要摘取满贝的星星，献给他的哥哥，献给他的母亲。

海边的风有点峭冷。海的外面无路可以追寻。孩子捧着空的贝壳，眼泪点点滴入海中。

第二天，人们发现了手中捧着贝壳的孩子的冰冷的身体。

第二夜，人们看见海中无数的星星。

一九三三，八

\ 枫 \

商 禽

一个小孩指着路旁的一株树问我："这是什么树？"

那时是三月。我说："树。"

树的枝干都呈银灰色，嫩绿的叶片像那个小孩的小手；但是，他不满意于我的答复，他生气了，歪着脖子嚷道："树？是什么树呀！"我怎么能告诉他哩，那时是三月。我说： "小朋友，你还小——你几岁呀？"

"六岁半。"他说。

"好。"我拍拍他的长着细长的毛发的头说："过半年，等你满七岁我告诉你。"

像游过一个小小的池塘，六个月后，枫树们都露出鹅一样红色的脚趾在风中舞弄。但是，纺织娘和叫哥哥夺去了那小孩对我的友谊——他不再来问我这是什么树了？

一天傍晚，我从树下拾起一片猩红的叶子来，向一个正从我身旁走过的老人说："这是一片枫叶哦。"

那老人，用一种秋天的草原特有的眼神狠狠地看了我一眼说："我知道！"然后随着那被西风卷起的叶群气呼呼地走了……

\ 鸡 \

商　禽

星期天，我坐在公园中静僻的一角一张缺腿的铁凳上，享用从速食店买来的午餐。啃着啃着，忽然想起我已经好几十年没有听过鸡叫了。

我试图用那些骨骼拼成一只能够呼唤太阳的禽鸟。我找不到声带。因为它们已经无须啼叫。工作就是不断进食，而它们生产它们自己。

在人类制造的日光下
既没有梦
也没有黎明

\鹰之歌\

丽 尼

黄昏是美丽的。我忆念着那南方的黄昏。

晚霞如同一片赤红的落叶坠到铺着黄尘的地上，斜阳之下的山冈变成了暗紫，好像是云海之中的礁石。

南方是遥远的；南方的黄昏是美丽的。

有一轮红日沐浴着在大海之彼岸；有欢笑着的海水送着夕归的渔船。

南方，遥远而美丽的！

南方是有着榕树的地方，榕树永远是垂着长须，如同一个老人安静地站立，在夕暮之中作着冗长的低语，而将千百年的过去都埋在幻想里了。

晚天是赤红的。公园如同一个废墟。鹰在赤红的天空之中盘旋，作出短促而悠远的歌唱，嘹唳地，清脆地。

鹰是我所爱的。它有着两个强健的翅膀。

鹰的歌声是嘹唳而清脆的，如同一个巨人底口在远天吹出了口哨。而当这口哨一响着的时候，我就忘却我底忧愁而感觉兴奋了。

我有过一个忧愁的故事。每一个年青的人都会有一个忧愁的故事。

南方是有着太阳和热和火焰的地方。而且，那时，我比现在年青。

那些年头！啊，那是热情的年头！我们之中，像我们这样大的年纪的人，在那样的年代，谁不曾有过热情的如同火焰一般的生活？谁不曾愿意把生命当作一把柴薪，来加强这正在燃烧的火焰？有一团火焰给人们点燃了，那么美丽地发着光辉，吸引着我们，使我们抛弃了一切其他的希望与幻想，而专一地投身到这火焰中来。

然而，希望，它有时比火星还容易熄灭。对于一个年青人，只须一个刹那，一整个世界就会从光明变成了黑暗。

我们曾经说过："在火焰之中锻炼着自己"；我们曾经感觉过一切旧的渣滓都会被铲除，而由废墟之中会生长出新的生命，而且相信这一切都是不久就会成就的。

然而，当火焰苦闷地窒息于潮湿的柴草，只有浓烟可以见到的时候，一刹那间，一整个世界就变成黑暗了。

我坐在已经成了废墟的公园看着赤红的晚霞，听着嘹唳而清脆的鹰歌，然而我却如同一个没有路走的孩子，凄然地流下眼泪来了。

"一整个世界变成了黑暗；新的希望是一个艰难的生产。"

鹰在天空之中飞翔着了，伸展着两个翅膀，倾侧着，回旋着，作出了短促而悠远的歌声，如同一个信号。我凝望着鹰，想从它底歌声里听出一个珍贵的消息。

"你凝望着鹰么？"她问。

"是的，我望着鹰。"我回答。

她是我底同伴，是我三年来的一个伴侣。

"鹰真好，"她沉思地说了，"你可爱鹰？"

"我爱鹰的。"

"鹰是可爱的。鹰有两个强健的翅膀，会飞，飞得高，飞得远，能在黎明里飞，也能在黑夜里飞。你知道鹰是怎样在黑夜里飞的么？

是像这样飞的，你瞧!”说着，她展开了两只修长的手臂，旋舞一般地飞着了，是飞得那么天真，飞得那么热情，使她底脸面也现出了夕阳一般的霞彩。

我欢乐底笑了，而感觉了兴奋。

然而，有一次夜晚，这年青的鹰飞了出去，就没有再看见她飞了回来。一个月以后，在一个黎明，我在那已经成了废墟的公园之中发现了她底被六个枪弹贯穿了的身体，如同一只被猎人从赤红的天空击落了下来的鹰雏，披散了毛发在那里躺着了。那正是她为我展开了手臂而热情地飞过的一块地方。

我忘却了忧愁，而变得在黑暗里感觉奋兴了。

南方是遥远的，但我忆念着那南方的黄昏。

南方是有着鹰歌唱的地方，那嘹唳而清脆的歌声是会使我忘却忧愁而感觉奋兴的。

一九三四，十二

\草木篇\

流沙河

寄言立身者，勿学柔弱苗

——（唐）白居易

白杨

她，一柄绿光闪闪的长剑，孤零零地立在平原，高指蓝天。也许，一场暴风会把她连根拔去。但，纵然死了吧，她的腰也不肯向谁弯一弯！

藤

他纠缠着丁香，往上爬，爬，爬……终于把花挂上树梢。丁香被缠死了，砍作柴烧了。他倒在地上，喘着气，窥视着另一株树……

仙人掌

她不想用鲜花向主人献媚，遍身披上刺刀。主人把她逐出花园，也不给水喝。在野地里，在沙漠中，她活着，繁殖着儿女……

梅

在姐姐妹妹里，她的爱情来得最迟。春天，百花用媚笑引诱蝴蝶的时候，她却把自己悄悄地许给了冬天的白雪。轻佻的蝴蝶是不配吻她的，正如别的花不配被白雪抚爱一样。在姐姐妹妹里，她笑得最晚，笑得最美丽。

毒　菌

在阳光照不到的河岸，他出现了。白天，用美丽的彩衣，黑夜，用暗绿的磷火，诱惑人类。然而，连三岁孩子也不去采他。因为，妈妈说过，那是毒蛇吐的唾液……

一九五六年十月三十，成都

\ 冬天的松林 \

刘湛秋

冬天的松林，充满着快乐的奥秘。

在白色的天空和白色的雪的辉映下，整个世界变得空荡而寂寞，而这一片不凋的松林，却展示了一个童话的王国，起伏着柔美的绿色。

它像沙漠里的绿洲，像春天里的梦，像老年人回忆中的青春。

由于失去浓荫而忧伤的太阳，照到松林伞一样的顶篷，开始欢愉了，并在针叶的摇动下，跳起轻松的波尔卡；悲冷的风一路上都找不到朋友，也为这一片丰满的松林而欣喜，于是，在每一根针叶，都响起一支支歌，倾诉寂寞和爱恋。

这里只有松树，别的什么树都没有，连个小灌木丛也没有，雪地显得非常洁净，看不见一片落叶的黑斑。啊，在一片白色的土地上，兀立着一柄柄直立的绿色的大伞，比夏天雨后的蘑菇还要诱人。

那么，倚着这魔幻的伞飞向天空去吧！

不，不，在这松林里的我，只愿在这柔美绿色的抚摸下，轻轻地，轻轻地，印下我的脚印，伴着这一年最后的绿色……

\ 鸫鸟（之一） \

［俄国］屠格涅夫

我躺在床上，但我不能入睡。忧虑咬啮着我的心。单调得令人厌倦的、痛苦的思绪，缓缓地闪过我的脑海，犹如阴霾天气里从灰色山顶上不停地飘过的、绵延不断的云雾。

啊！那时我热恋着，那种无望的、痛苦的爱情，只有被岁月的冰霜磨砺过的人才能产生。我的心灵虽然没有被生活所损伤，可已变得并不年轻！不年轻了……即使想变得年轻些，也是无用的、徒劳的。

在我面前，窗棂呈现出淡白的影子。依稀能辨别屋里种种家具。在夏日清晨半明半暗的曦影里，一切显得更寂静，更安谧。我看看表：两点三刻。屋外也是万籁无声……露珠，一片露珠的海洋！

在露水里，在花园中，就在我的窗子上面，一只黑色的鸫鸟已经开始歌唱、鸣啭，嘹亮而又自信地滴溜溜啁啾着。抑扬顿挫的鸣声，送入我静寂的房间。它们灌满了整个屋子，灌满了我的耳朵，灌满了我那被失眠和痛苦的思虑折磨得昏昏沉沉的脑袋。

这些鸟语，显示出一种清新、恬淡和永恒的力量。我从鸟语里面听出一种大自然本身的声音，一种悦耳的、无意识的、永无始终的声音。

这只黑鸫鸟歌唱着，自信地赞美着。它知道，不要多久，照例会耀眼地升起永恒的太阳。在它的歌声里，丝毫没有属于它自己的东西。它这只黑色的鸫鸟，一千年前曾迎接过同样的太阳，数千年后也将迎接这个太阳，——那时，我遗留在世上的东西，在充溢着它的歌声的气流里，也许将像肉眼看不见的尘埃那样，围绕着它鸣叫的躯体旋转。

于是我，一个可怜、可笑、热恋着的人，想对你说：感谢你，小鸟；感谢你在那不幸的时刻，在我窗下突然唱起有力、奔放的歌声。

鸟儿没有安慰我，我也没有寻求安慰……但我的眼睛里噙满了泪花。我心情激动，沉重的负荷，稍稍有所松动。啊，黎明前的歌手，和你欢乐的鸟语相比，即使是有生命的东西，也显得缺乏青春和朝气！

当四面八方都已泛滥着寒冷的波涛，它们不是今天就是明天将把我卷进无边的大海，这时候是否还值得去悲伤，去痛苦，去考虑自己呢？

眼泪在流淌！……而我那只可爱的黑鸫鸟，却若无其事地继续唱它那无忧无虑的、幸福的、永恒的歌！

呵，终于升起的太阳，在我发烫的脸颊上，照见了怎样的泪水啊！

可是我仍像往常那样微笑着。

\玫　瑰\

[俄国] 屠格涅夫

八月底的最后几天……秋意已经袭来。

太阳落山了。突然一阵暴雨，没有雷声，也没有闪电，刚刚洒过我们广袤的原野。

房前的花园燃烧着、蒸腾着，全都沐浴在晚霞的火焰里，浸泡在雨后的水泽之中。

她坐在客厅里一张桌子旁边，透过半开的房门，痴呆呆地凝视着花园。

我知道这时她内心里在想什么。我知道在短暂的、甚至是痛苦的斗争之后，就在这一瞬间，她已陷入一种再也不能抑制的感情之中。

突然她站起身子，迅速走进花园，身影消失了。

一小时过去了……两小时过去了，她还没有回来。

于是我站起来，走出屋子，沿着林荫路走去。我确信，她也是沿着这条路走过去的。

周围的一切黑下来了。夜幕已经降临。但在小路潮湿的砂地上，穿过弥漫的黑暗，有个圆圆的东西在发出鲜亮的红光。

我俯下身子……那是一朵娇嫩欲滴、绽放不久的玫瑰。两小时前，我还看见这一朵玫瑰花佩戴在她的胸前。

我小心翼翼地捡起掉在泥地上的小花，回到客厅，把它放在她坐椅前的桌子上。

瞧，她终于回来了，迈着轻盈的步子，走过整个房间，在桌旁坐下。

她的脸既苍白又激动。被睫毛遮住、仿佛变小了的眼睛，快乐而羞涩地朝左右一瞥。

她瞥见了玫瑰，拿起它来，看一眼它那被揉皱、被弄脏的花瓣，看一眼我——她的眼睛突然停住，闪烁起泪花。

“您哭什么?”我问道。

“呵，我哭的是这朵玫瑰。瞧，它变成了这个样子。”

于是我想出一个警句。

“您的眼泪，会把这脏污洗净。”我意味深长地说。

“眼泪不能洗涤，眼泪能燃烧。”她答了一句，转身面向壁炉，把小花扔进快要熄灭的火焰里。

“火焰会比眼泪烧得更好。”她不无勇气地慨叹。那对还噙着泪花的、秀美的眼睛，大胆地、幸福地笑了。

我明白，她也在燃烧。

\ 白桦之歌 \

［苏联］库兰诺夫

七月逝去了。蓝色的天空蒙上一层淡淡的白色。树叶儿发硬了，而风儿也越加猛烈了。

听吧，听吧，这时枝叶蔽空的白桦树是在怎样地鸣响着啊！人们会听出：这里有着日益临近的秋天的预感，有着林叶的短促歌声，有着鸟儿的啁啾之声，有着风摆白桦枝的甜美感觉。

瞧吧，瞧吧，是怎样的金色雪花飘落向田野和树丛啊！人们的脚下已是发着白色的雪堆了。把淡红色的小雪花抓起来，用手掂量一下，人们就会猜想到，这是新的白桦树种子。每一粒白桦种子都能够生长。在刮风的日子，裴舒格将会增加多少音响啊！脚下已涨起了红色雪花的岛屿。

\星　鱼\

［美］布　莱

这是低潮。雾。我从皮尔斯牧场到潮潭攀下了悬崖。低潮如今令人心醉神迷。独自跪下。在六英寸的清水中，我注意到一只紫色的星鱼——有十九根触手！那是一种精致的紫色，旧复写纸或者雅典式衣物的颜色……有时一种更为强烈的红色落晖透过触手之间的网发光。触手松弛……一些触手尖端卷起……带着精致的竿……显然是每一根顶上的球体，犹如在世界博览会上四处挥动。这星鱼慢慢爬上岩石的穹拱……然后又退回下去……现在它的很多触手懒懒地卷起来，像一只仰卧的小狗。一只触手特别活跃，在自己身上形成曲线，仿佛一只恐龙在它后面观看着。

它移动得多么缓慢而平坦！这星鱼是一条冰川，一年走六十英里，它以我看不见的方式在粉红色的岩石上移动……并且移入令人惊讶地浮起的精细的棕褐色野草丛。它大约有桶底那么大。当我对它伸手，它收紧然后又慢慢放松……我抓住一只触手迅速举起，下侧呈黯淡的黄褐色……当我观察时，成千的细管开始从整个下侧渐渐抬起……成百的细管在嘴里，成百的细管沿下侧触手生长……所有的细管都在观察着……摸索着……像一个男人在寻找一个女人……细小的头在盲目地摸索一块岩石，且又只找到空气。每只带着更为黯淡的细管的触手下侧都有一条紫色的边。也许是它的移动之足。

我将它放回去。它展开——我忘记了它是多么的呈现紫色——并向下滑入其岩石的穹拱，那蜗牛般的触手挥动着，仿佛一切都未曾发生过，而一切都未发生。

可是，哦！我太肥大了。我感觉得到。可怜可怜我吧。

等我走到岩石旁，我就爬进一条石缝过夜。我身下的瀑布会整天振动我的壳和身体。这振动能使我安睡。整夜里，我会像一只熟睡的耳朵。

世事
人生

\那个城\

瞿秋白

沿着大路走向一个城，——一个小孩子赶赶紧紧的跑着。

那个城躺在地上，好大的建筑都横七竖八的互相枕藉着，仿佛呻吟，又像是挣扎。远远的看来，似乎他刚刚被火，——那血色的火苗还没熄灭，一切亭台楼阁砖石瓦砾都煅得煊红。

黑云的边际也像着了火似的，灿烂的红点煊映着，那是深深的创痕。他放着热烈惨黯的烟苗，扫着将坏未坏的城角。那城呵——无限苦痛斗争，为幸福而斗争的地方——流着鲜红……鲜红的血。

小孩子走着；黄昏黯淡的时分，灰色的道旁，那些树影——沉沉的垂枝，一动不动覆着默然不语的大地：——只隐隐的听着蹬蹬的足音。

天上满布着云，星也不看见，丝毫物影都没有，深晚呵，又悲哀又沉寂。小孩子的足音是惟一的神秘的“动”。四围为什么这样静？——小孩子背后跟着就是无声的夜，披着黑氅，——愈看他愈远。

黄昏已经畏缩，赶紧拥抱一切城头塔顶，雁行的房屋，拥抱在自己的怀里。园圃，树木，烟突；一切一切都渐渐的黑，渐渐的消灭，始终镇压在夜之黑暗里。

他却默然的走着，漠然的看那个城，脚步也不加快，孤寂，细小……可是似乎那个城却等待着他，他是必须的，人人所渴望的，就是青焰赤苗的火也都等着他。

夕阳——熄灭了。雉堞，塔影，都不见了。城小了些，矮了些，差不多更紧贴了那哑的大地。

城上喷着光华奇彩，在模模糊糊的雾里。现在他已经不像火烧着，血染着的了。——那些行列不整的屋脊墙影，仿佛含着什么仙境，——可是还没建筑完全，好像是那为人类创造这伟大的城的人已经疲乏了，睡着了，失望了，抛弃了一切而去了，或者丧失了信仰——就此死了。

那个城呢——活着，热烈至于晕绝的希望着自己完成仙境，高入云霄，接近那光华的太阳。他渴望生活，美，善；而在他四围静默的农田里，奔流着潺湲的溪涧，垂覆在他之上的苍穹又渐渐的映着紫……暗，红的新光。

小孩子站住，掀掀眉，舒舒气，定定心心的，勇勇敢敢的向前看着；一会儿又走起来了，走得更快。

跟在他后面的夜，却低低的，像慈母似的向他说道："是时候了，小孩子，走罢！他们——等着呢……"

读高尔基后。

一九二三，十一，十五

\海　燕\

郑振铎

乌黑的一身羽毛，光滑漂亮，积伶积俐，加上一双剪刀似的尾巴，一对劲俊轻快的翅膀，凑成了那样可爱的活泼的一只小燕子。当春间二三月，轻飔微微的吹拂着，如毛的细雨无因的由天上洒落着，千条万条的柔柳，齐舒了它们的黄绿的眼，红的白的黄的花，绿的草，绿的树叶，皆如赶赴市集者似的奔聚而来，形成了烂熳无比的春天时，那些小燕子，那末伶俐可爱的小燕子，便也由南方飞来，加入了这个隽妙无比的春景的图画中，为春光平添了许多的生趣。小燕子带了它的双剪似的尾，在微风细雨中，或在阳光满地时，斜飞于旷亮无比的天空之上，唧的一声，已由这里稻田上，飞到了那边的高柳之下了。再几只却隽逸的在粼粼如縠纹的湖面横掠着，小燕子的剪尾或翼尖，偶沾了水面一下。那小圆晕便一圈一圈的荡漾了开去。那边还有飞倦了的几对，闲散的憩息于纤细的电线上，——嫩蓝的春天，几支木杆，几痕细线连于杆与杆间，线上是停着几个粗而有致的小黑点，那便是燕子，是多末有趣的一幅图画呀！还有一家家的快乐家庭，他们还特为我们的小燕子备了一个两个小巢，放在厅梁的最高处，假如这家有了一个匾额，那匾后便是小燕子最好的安巢之所。第一年，小燕子来住了，第二年，我们的小燕子，就是去年的一对，它们还要来住。

“燕子归来寻旧垒”。

海燕还是去年的主，还是去年的宾，他们宾主间是如何的融融泄泄呀！偶然的有几家，小燕子却不来光顾，那便很使主人忧戚，他们邀召不到那末隽逸的嘉宾，每以为自己运命的蹇劣呢。

这便是我们故乡的小燕子，可爱的活泼的小燕子，曾使几多的孩子们欢呼着，注意着，沉醉着，曾使几多的农人们市民们忧戚着，或舒怀的指点着，且曾平添了几多的春色，几多的生趣于我们的春天的小燕子！

如今，离家是几千里！离国是几千里！托身于浮宅之上，奔驰于万顷海涛之间，不料却见着我们的小燕子。

这小燕子，便是我们故乡的那一对，两对么？便是我们今春在故乡所见的那一对，两对么？

见了它们，游子们能不引起了，至少是轻烟似的，一缕两缕的乡愁么？

海水是皎洁无比的蔚蓝色，海波是平稳得如春晨的西湖一样，偶有微风，只吹起了绝细绝细的千万个粼粼的小皱纹，这更使照晒于初夏之太阳光之下的、金光烂灿的水面显得温秀可喜。我没有见过那末美的海！天上也是皎洁无比的蔚蓝色，只有几片薄纱似的轻云，平贴于空中，就如一个女郎，穿了绝美的蓝色夏衣，而颈间却围绕了一段绝细绝轻的白纱巾。我没有见过那末美的天空！我们倚在青色的船栏上，默默的望着这绝美的海天；我们一点杂念也没有，我们是被沉醉了，我们是被带入晶天中了。

就在这时，我们的小燕子，二只，三只，四只，在海上出现了。它们仍是隽逸的从容的在海面上斜掠着，如在小湖面上一样；海水被它的似剪的尾与翼尖一打，也仍是连漾了好几圈圆晕。小小的燕子，浩莽的大海，飞着飞着，不会觉得倦么？不会遇着暴风疾雨么？我们真替它们担心呢！

小燕子却从容的憩着了。它们展开了双翼，身子一落，落在海面上了，双翼如浮圈似的支持着体重，活是一只乌黑的小水禽，在随波上下的浮着，又安闲，又舒适。海是它们那末安好的家，我们真是想不到。

在故乡，我们还会想象得到我们的小燕子是这样的一个海上英雄么?

海水仍是平贴无波，许多绝小绝小的海鱼，为我们的船所惊动，群向远处窜去；随了它们飞窜着，水面起了一条条的长痕，正如我们当孩子时之用瓦片打水漂在水面所划起的长痕。这小鱼是我们小燕子的粮食么?

小燕子在海面上斜掠着，浮憩着。它们果是我们故乡的小燕子么?

啊，乡愁呀，如轻烟似的乡愁呀!

\他　乡\

焦菊隐

他乡的云烟，似故乡的黄沙蔽天；他乡的雨珠，像故乡的北风冰寒。

舍了冤抑，忧郁，苦闷，疲乏与压迫的悲痛，我伏在这行将凋落尽了的树林之下，遥望着远山在黑茫茫的空泛里，惦念着和平的家乡，在炮火的颤声里。

我正作着一个噩梦：在狂风似的旅途，我舍了恩爱，从疾驰的青春车上，跳到那汹浪拍上沙滩的海边，是否我可化成苦苦的海水，兴起高高的波浪，卷入人间，将一切都吞下我这恶恨的腹中，行一次残忍呢？我正在迟疑。忽地连续的炮响，把我从梦中唤醒。我急起来向暗中望那里，那里正死着千万英雄的远处，闪着火光。

他乡哎，把热血洒在自己身上，把一切牺牲在沙场，还可以亲手歼灭这世界的一部分！谁更比含了冤抑，忧郁，疲乏与被压迫的灵魂，无处伸气去呢？

夜风紧了，战云在绘画出惨败的家乡，冷风吹来了湖水的颤动于茫茫之中。山丘都掩了脸伏脆在草野，哭泣着永不能哭泣的曲衷。那和平的音韵，在我战索的心情中，已被军笳的凄声所掩。全宇宙啊，都在悲泣——悲泣这些诚勇的男儿，惨死于惨恻之中。

然而那更惨于惨死的呢，只合孤另地在山之深处。夜已颓唐的时节，在行将凋零的楼间低泣。

我于是又在入梦：我站在吐火的山顶，高出于灰色遮尽的青天，拿着那斩过多少的春青，忠诚，热情的宝剑，指挥着多少乌托的士卒。我把这全在世界用炮轰毁，我把人间消除，我把那伏着杀机的笑脸，那酸刻的甜声，一并和怨恨，嫉妒，和被压迫的郁气扫尽。然后我一口气把士卒们吹飞天外，把宝剑砍掉了青山，哈哈地痛笑一场，滚身入汹浪拍上沙滩的海边，化成了苦苦的海水，兴起高高的波浪，卷入了人间，把一切都吞下我这恨恶的腹里，行一次残忍，把一切消除……

那以后，一片阳光，橙红色照满了洁白的大地，灵芝草和紫罗兰长满了全世界——那世界再不是人寰！再不见他乡的云烟，再不有故乡的黄沙与惦念，也再没有陵海的残酷。……

似人间狂笑的炮声，轰轰地传来，把和平与怒怨的好梦，击得粉碎。我重现于尘世间——重返入地狱的人间。

一九二七，十，下旬

\荷叶伞\

李广田

我从一座边远的古城，旅行到一座摩天的峰顶，摩天的峰顶住着我所系念的一个人。

路途是遥远的，又隔着重重山水，我一步一步跋涉而来，我又将一步一步跋涉而归，因为我不曾找到我所系念的人。——因为，那个人也许在更遥远的远方，也许在更高的峰顶，我怀着满怀空虚，行将离开这个圣地。但当我以至诚的心为那人祷告时，我已经得到了那人的恩惠，我的耳边又仿佛为柔风送来那人的言语：

“给你这个——一把伞。你应当满足，因为这个可以使你平安，可以为你蔽雨。”

于是，我手中就有一把伞了，而我的满足却使我洒下眼泪。

我细看我的伞，乃是一把荷叶伞，其大如荷叶，其色如荷叶，而且有败荷的香气。心想：方当秋后，众卉俱摧，惟有荷叶，还在水面停留，如今我打了我的荷叶伞，我正如作了一枝荷叶的柄，虽然觉得喜欢，却又实在是荒凉之至。我向着归路前进，我听到伞上的雨声。

天原是晴朗的，正如我首途前来时的心情，明白而澄清，是为了我的伞而来雨吗；还是因为预卜必雨而才给我以伞呢？这时天地黑暗，云雾迷蒙，不见山川草木，但闻伞上雨声。其初我还非常担心，我衣、我履，万一拖泥带水，将如何行得几千里路。但当我又一转念时，我乃寂寞的一笑了：哪有作为一枝荷叶梗而犹担心风雨的呢？白莲藕生长泥里，我的鞋子还怕什么露水。何况我的荷叶伞乃是神仙的赠品。

雨越下越大了，而我却越觉平安，因为我这时才发现出我的伞的妙用：雨小时伞也小，雨大时伞也大，当时雨急，我的伞也就渐渐开展着，于是我乃重致我的谢意。

忽然，我觉得我的周围有变化了，路上已不止我一个行人，我仿佛看见许多人在昏暗中冒雨前进。雨下得很急，他们均如孩子们在急流中放出的芦叶船儿，风吹雨打，颠翻漂没。我起始觉得不安了，我恨我的伞不能更大，大得像天幕；我希望我的伞能分做许多伞，如风雨中荷叶满江满湖。我的念头使我无力，我的荷叶已不知于几时摧折了。

我醒来，窗外风雨正急。

\ 海员烟斗 \

艾　青

如其我画 Whitman（惠特曼，美国诗人。——编者注）或 Maiakowski（马雅可夫斯基，苏联诗人。——编者注）的像，我一定要在他们的宽大的唇边加上一个海员烟斗——不管他生前曾否有一个海员烟斗。

那样一定是显得酷肖的：在事务所临街的大窗口，或是群众的会集里，或是演讲坛口，或是咖啡店当中……

也或者是航轮的舱板上，喜悦于远旅的巨姿屹立着，两臂叉在胸前，衬衫该是解开的……而海上有强烈的风。

厚发像平野遇上暴风雨前的麦浪般起伏着，眼望着那遥阔的彼方……

天穹之下是静寂的……

烟斗里喷出的白烟，随浪声往后远游……

一种东西，必须属于有同样情调的人的。

为了大集团的朗诵的嘴像海洋般张开着，我要在他们的画像中加上这征象着 cosmopolite 情感的，它的白烟像最新鲜的诗句般流向全世界的海员烟斗啊。

秋，一九三三年

\ 灰色鹅绒裤子 \

艾　青

好像我没有到这世界上来之前，我曾穿过这裤子的……

那是一种出奇的灰色，淡的，柔性的……就是这样，你会想起了一双眼睛，一双为热情所磨折了的，柔性的，淡的，灰色的眼睛。

人们的视线都集中在裤子上，当人们和我相遇的时候。于是，我知道这裤子对于人们是陌生的——像一阵遥远的，回忆般遥远的，从天外吹拂来的风。

这天外的风，无定向的流着……

我一年四季都穿它……

它为我款待了几个不嫌避我的友人，它说出我缄默了的话语，它替我在地图上画了几条和它一样颜色的旅线……

它的每缕条纹里都映出：我无终止的散步的街，我的浓雾的早晨，到没有目的的地方去的早晨……

它的每缕条纹里每沾有那些码头的，车站的，一切我到过的地方的尘土的气息。

于是，在它对于人们是陌生的日子，被我爱了。

它于我是这末的亲切，像一切的颜色之于和它相同的颜色是亲切的一样；它是我的颜色！那末的淡，那末的飘忽，那么的无关心……

我走着……

好像我没有到这世界上来之前，我已经穿了这：灰色的，淡的，柔性的，永没有太阳的天上的云一样的裤子——天鹅绒的裤子的……

那末，你不认得我么……

\窗　前\

方　敬

“给我你们温柔的手吧，”我看见几只小手膀伸向几朵白色的花，我心里就这样想。

“唱一支永恒的歌吧，”我听见一个甜蜜的短歌的余音，来自一群快乐的小歌者，我心里就这样想。

“让我看你们天蓝的眼珠吧，”几双沉思的小眸子向我注盼，我心里就这样想。

我的窗前是块青草地，儿童幸福的小国土。

清晨，孩子们是鸟，佻达的小鸟。尖锐的脆嫩的声音使我发现了我已失去的自己，于是我笑了，心里说：“早安，小朋友。”“早安”是个永恒的祝词，我动心于它另一种含义，我爱他们金黄的发丝，这异国富丽的颜色涂抹在我心上，使我感到一种异乡情调。夜里，我记起两行诗：“猫当夜色埋葬了你的路，你矜夸你夜明的瞳孔吗?”那么，夜里，孩子们就是猫。当夜色对着我的窗，我感到一点荒凉和寂寞，小朋友我就倚在窗前，等候着光，你们的眼睛。

是的，我羡慕着他们的生活，那是一种单纯的表现。

一九三五，五，十九

\大爱者的祝福\

莫 洛

雪已经融化，太阳已经出来，叶丽雅，天色不会再阴黯无光。出来走走，叶丽雅，把你的脸朝向阳光，把你的心朝向阳光，像那些初春的花木一样，把你的喜悦洒向阳光。

不要说你在追寻爱，而说，爱在追寻你；叶丽雅，爱在晚冬的青空闪耀；爱在一片广袤的晴野闪耀；爱在草叶的细尖上闪耀；真的，叶丽雅，爱在你追奔的路上，在你追奔的周围焕发着光彩。——有金色的光流与光涡；珍珠的滴粒，也发光，像你的一片纯净的心，有着海一样的阳光的焕发。

你曾在夜间的冥黑里等待，叶丽雅，你的爱在使墨般的夜生光。——这是月的光，照在平静的湖面的银采；净白的光，使人惊觉，使夜的护神羞愧。叶丽雅，你曾在黑夜等待，这是爱，爱将为你而忠诚，有明天的阳光，倚临你的窗口，唱温甜的歌，柔曼的歌，唱用光谱成曲调的美好的歌。

出来走走，叶丽雅，不要带一点焦躁，不要怀一丝痛苦；出来走走，叶丽雅，路是多的，路是长的，但是你有爱在，路在你面前缩短了距离；出来走走，叶丽雅，冬日融雪是最冷的气候，雪也刚刚开始融化，叶丽雅，你有爱在，会使雪融得更快，会让长春藤悬在大树身上，露出它企望的脸；会让那些长时戴着白色睡帽的山，失去所有的睡意……叶丽雅，出来走走呀，而且冬天的日子是短暂的，融雪的日子，正是一个庄严肃穆的宣示，一张大自然无字的布告；是一个欢悦，一个希望，一个迎迓……

上帝并没有把不幸落在你一个人身上，叶丽雅，你应该说：不是上帝；但有大的不幸，落在世界人群的身上。

这正像冬雪，需要阳光的照拂，需要融化。

叶丽雅，你有爱在，你的爱就是对人群作幸福的期许。你不拭下眼泪，弹向别人的脸上；叶丽雅，你的心是大的，你的心像海，你把眼泪连同痛苦，让自己一个人悄默地吞咽；泪吞入你的心里，你的心海，有波有澜，浪的推击，使你孕育了勇气；你走出那个私心寂寞的园落，你跨前了一步，你发了光，你有了热；你行走在人伙之中，你成为战队里一个细胞，一个环节……。叶丽雅，你有爱在，有大爱便忠诚追跟你！

你说，不幸落在人众的身上，但是叶丽雅，你的爱，已向不幸的人众作了远大的幸福的期许。

这里有我整个灵魂的热情，拿去它，叶丽雅；不吝惜自己热情的人才有爱，能够取得别人的热情的人才有爱。

生活的活跃，上帝已全部付给你，叶丽雅，别犹豫，只应诚意地接受，生命的接受，是人类的光耀，别忽视了这神圣的盛情，叶丽雅，生命的活跃从你灵魂的窗口走进，你不接受，将使爱丧生，使生命枯萎，使人类少一分光，添一分黑。

而且请接受我的祝福，叶丽雅，你拿去我整个灵魂的热情和祝福，这将使你知道一朵花的美俊，一个灵魂的善良，以及人性的净洁……

因为你有爱在，叶丽雅，我才不厌烦自己的歌唱，不厌烦对你的祝福，不厌烦劝你出来走走，像洒落喜悦一样，请你向人众洒下大爱……

一九四七年一月十七日，夜。

\独　语\

陈敬容

你曾经被黎明的水泉浸润过吗，被那玫瑰色的黎明？那末你也尝味过那期待的夜之烦热，与黎明的清凉到来时你自己和一切山峰、树枝、鸟群，以及凝露的碧草底微妙的战栗了。

这种战栗为了爱。是呵，孩子，别笑我尽说爱。黎明底战栗是为了对生命和阳光的爱，对青春之活力的爱。

你又笑我尽说青春。但是孩子，青春不是最可爱的吗？带同着它底丰满的希望？

想想那种明净的光辉，那闪映于年青的眼中和心中的光辉；想想那种语言中的嘹亮与清越；想想那叹息与哭泣的温柔，那微笑的纯洁，那高歌的狂喜……

也许如今你更爱黄昏，它较适于你病中的柔弱。

不要叹息呵，孩子，疾病也是一种生活的体验。

你看我怎样热爱着生活。

每天，每一个清晨，我仿佛都在开始生活。

好像我从来没有生活过。

面对着明朗的阳光或凄苦的风雨，我都像一个幼小的孩童。

我爱一切，对一切感觉惊奇。走过每一片树林，我必要用力呼吸。每一朵花招致我底顾盼，每一个果子逗引我底食欲。而水呢，不论是河溪里的水，池沼里的水，都以一种无比的惑力要我赤裸的双脚去涉行……

我也是一个孩子呵，一个比你大一些的孩子。

你听那远远的琴声，它来自一些什么样的手指底撩拨？如此地迷离，如此地撩乱，仿佛生命之最初的呼唤。

琴声在我底心底展开一片广漠的草原，而黄昏逡巡在草原的边际，牧羊人携着白色羊群远去了，温柔的微雨飘落在夕照里。

现在我又在琴声里看见一些窗子，沉垂着静静的帘幕，灯火隐约地透露出来。我听到一些寂寞的足音，一些叹息；我闻到一种醉人的馨香，仿佛交融着生和死……

但你好像很疲倦了，偏倚着你蓬乱的头，你休息吧。我要去田野散步一回。我看见一些游泳的人们从田径上归来了，手里拿着湿湿的衣服同毛巾。

1945年6月，磐溪

\倚桅人\

何　为

密云欲雨的瞬间，这个人抱着双臂，仰首靠着桅杆，面向深不可测的，即将被黑暗吞噬的大海，像是期待着甚么。

期待着甚么呢？

桅杆耸立在暮色沉沉的天空中。一束落日光，在桅杆顶端倏忽一现，立即消遁。满天乌云，沉重如铁，暴风雨前的低气压，令人窒息。

然而有了风。海风如张开巨翼，行将呼啸起来。

一只海鸥，傲然穿梭于海天，上下翱翔，仿佛给远行者带来某种信息。

这个人沉默无语。惊喜与颤栗集于一身。纷繁的思绪随着潮水起伏。间或，放开视线，遥望水天浑沌的远方。

铅灰色的天空压得更低了，同海上的万顷烟波连成一片。回想过去，一段弯弯曲曲的岁月，愿把记忆略加引伸，却让一道闪电划然劈成两截：往昔与如今。

凝神屏息间，他轻轻叹了一口气。

突然一声霹雷，响彻空旷的甲板。雷声隆隆，有如车轮铁轴的苦重辗转，在天边滚过，在心头滚过。

他悚然一震。

天穹像巨幅灰布。海鸥腾飞，白色翅膀画出银亮的弧线，闪耀着希望。它来了，可是它又去了。

依然没有雨，一点一滴都没有。

他感到脸上灼热。不耐于久久等待，想呼喊，想大声呼喊。随后他焦躁不安地频频环顾。

环顾甚么？追踪那没有任何羁绊的海鸥吗？憧憬海鸥的自由风姿吗？

沉思片刻，于是低低吹起口哨。古昔的恋歌，点燃心灵的火焰，使他迷醉。

下舱里，一群少男少女唱起不成节拍的歌。可是很美丽很美丽。当人们歌唱生活的愿望，或是歌唱理想，歌唱生命的时候，没有不动听的韵律。

风之翼终于鼓起来。歌声随风飞旋。青春笑语浮泛于海上。浪涛颠簸着港湾里的海船。

哦，雨来了，雨来了！

第一滴雨，暴风雨的第一个音符。

倚桅人，热泪盈眶，交抱着的双臂仰天张开，发出一声欢呼。

一九四〇，十一

\ 透支的足印 \

商　禽

这正好。若是连生前的每一个手势都必须收回，在如此冷冷的重量下；若是必须重复我曾说过的一切话语，每一声笑，在这没有时间的空间里；就如我现在所践履的——我收回我生前的步步的足印——然而我不必。这正好。

这真好。不再有“时间”。没有话语，阴影是可触的藻草。这路已不复是路。野蒿苣与牛蒡花。这已经是屋脊。“在蛇莓子与虎耳草之间。”太好了。除开月光的重与冷。我收回我的足印。我的足印回到它们自己……

今夜我在没有“时间”和语言的存在之中来到这昔日我们曾反复送别的林荫小径。（“今夜故人来不来。”）今夜故人来不来？我行行复行行。当天河东斜之际，隐隐地觉出时间在我无质的躯体中展布；一个初生的婴儿以他哀哀的啼声宣告——鸡已鸣过。而我自己亦清楚地知道——关于那些足印，我已经透支了。

\ 散文诗五则 \

邵燕祥

布谷鸟

羽毛被突来的风雨淋湿了……布谷鸟，依然向春天唱着沥血的歌。

假如生活背叛了你，你不要背叛自己。

无　题

小笠原群岛附近的海峡，影响大海的潜流吗？

喜马拉雅的雪山，影响海上的季候风吗？

远在天边的满月，影响吞吐于海岸的潮汐吗？

使我的胸廓中潜流汹涌、风云动荡、潮汐起落的，是哪一处大洋深处的漩涡，是哪一座高寒的雪山峭壁，是哪一轮远在天边的满月呀？

无　题

我要汲一瓶河水，汲上的，却是半瓶泥沙。

我要寻含笑的眼睛，寻到的，却是远去的背影。

诗

沉醉的时分，只有沉醉。
清醒的时分，只有清醒。
寂寞的，又不甘寂寞的来客，只在我沉醉与清醒之间叩门。

天鹅的聚会

唱得那么好，把我从残梦中惊起了。
唱得那么好，早春的海滩上，天鹅在聚会。
唱得那么好，我羡慕你们，我还从来没有这样放声歌唱过。
唱得那么好，那么畅快，那么欢乐……我不信这是最后的歌。

1982 年 1 月

\ 遥远的吉他 \

刘湛秋

一个寒夜，电车玻璃窗上挂满了霜的寒夜。

他走着。风像冰冷的铁针，刺着脸；星星被冻住了，连眼也不眨一下。石子路上，只有他笃笃的脚步声。

一辆马车从他身边掠过，车灯是那样昏暗。

他走着，他要去寻求温暖……

那一扇门打开了，灯光像乳白的牛奶，吐着红舌的壁炉像摆尾巴的小狗，热流包围了他。一个老人欠身拉着他的手，不是突然，没有勉强，泉水一样真诚的微笑；一个姑娘倚在窗前，在弹着吉他。

温暖的加糖牛奶，熟悉的眼神，搅拌着沉默。

这时，吉他的声音仿佛从幽远的白雪的林中传来，一阵寒气，很快被浑厚的低音的温暖所溶化。老人在唱着《三套车》。有节奏的吉他伴奏，仿佛像辗着冰雪的车轮，空对着荒漠的月亮。

他不知道琴声什么时候结束的，不知道什么时候离开这扇窗户。像彗星一闪，记忆只有一次。

吉他的声音越来越远，却又仿佛越来越近。

\ 人境四种 \

昌 耀

我将要记述的四种意象——拓荒、生命之水、繁育以及与司春女神有关说事，我总觉得其来有因，至少可以追溯到《周易》经文透露过的上古人氏的情感纠葛之前。太玄乎了。噢，且换一种说法：置身于交互映照的明镜，无限复制的自我如果是真实的，那么，睡在梦中的梦中作着睡梦的诸般的我竟会是虚幻的么？梦是性灵的沉淀。我是明镜的梦。

现分记如下：

拓荒。我与先民立于世界屋脊广袤博大的泥土层，垦殖田园。我们从脊檩一侧的坡地取土，铺垫在脊檩另一侧的低檐。我们用铁锨将土地翻耕松软并梳理平整，而后靠脊檩一侧开沟筑渠，再将地块分隔成有田埂连通的畦子。有一把镐头闲置地头成为一种标志。我依稀记得那是我带来备用的农具。劳动是生命的冲动，成为匠心独运的艺术。

生命之水。大地"震震填填，尘骛连天"，我意识到是巨人们牵引的水车从山巅那边驶过来了。一会儿，我已分辨不出何为雷霆大作，何为水车作声雷动。那些裸袒的巨人们肩勒纤绳已出现在山前。他们启动活门栓键，铁塔一般排列在车座的巨型水罐于是依次自动朝向山间一侧的塘堰倾斜排放大水。泡沫翻滚着，顷刻，半已干涸的江河一时水涨——是为春潮。

繁育。这是农家一座春光媚人的院落。一位女神模样的年轻农妇端庄地将一支竹竿种植在正屋窗阶前的园圃。她说，待一日竹竿青翠欲滴，她要在其顶端繁育一只鸟。我叮嘱她，须当心猫儿的袭击，而且，狗也是鸟的天敌，应同予防范。我建议：何不在向阳的土墙为鸟儿凿一个洞穴做巢？

司春女神。这时，她——那农妇已为我展开手中的画轴。画幅有着果盘格子般的平面布局。处于圆心那最大的一格，是一株青竹。梢头还仿佛蹲着一只鸟。我们相拥在一起观赏着。直觉向我发出的信息明确无误：爱慕吧。你们相互爱慕吧。爱既是权利，也是美德。她望我拈花一笑。

久违了：劳动的世纪。爱的世纪。繁衍的世纪。我明白，我正为此一常温常新的主题而感动。而相思之苦是我为之付出的代价。

1997.3.14

\无 题\

舒 婷

一

一只小鸟，落在窗前的柴扉上。它乜斜着眼睛，偏过脑袋，时时扑拉双翅，向我唱了又唱。

是告诉我飓风过后覆巢的忧伤？告诉我道路逐渐干燥，而且已走过一位捉蜻蜓的小姑娘？还是告诉我遥远的雾水、遥远的村庄？

我听不懂另一个国度的语言。

于是，我拿出我的小本子，握紧拳头，涨红了脸，朗读起我的诗行：灯笼花；礁石上的月光；映在宝蓝色天幕上那尖顶与圆顶的楼房……

我寻觅那小鸟，我已不知去向。

我这才明白：在那最好的时刻，我们只该默默相望。

二

还是那只鸟。

它不是已经飞走了吗？

可是，晨间在林荫道上，它颤悠悠的啼声洒下，如含着露水的清亮的阳光；傍晚它在我头上做花样飞行，像热恋中的少女经过心上人面前那么轻盈、自信。

夜里，不知在什么地方（也许就躲在玉兰树上），它芬芳的歌声像无数小蒲公英，轻轻降落在我的梦中。

我醒来时想：我们把它叫做飞鸟的东西，更像一种无所不在的欢乐。

三

我摆好纸和笔，做出诗人的模样。

我的心是捕鸟机，就安放在柴扉上。

早晨像无猜疑的孩子蹦蹦跳跳过去了；日午喘着气，不情愿地挨过了；傍晚时分，我哭了。因为那柴扉上，除了枯萎的白玫瑰，什么也没有。

突然，在我心灵深处，响起了那熟悉的歌声，（人人的心，都可能成为一只神奇的八音鸟吗?）我们把它叫做欢乐的东西，也像飞鸟一样有自己的性格。

\回　答\

舒　婷

我相信我们在另一个世界见过面。

是一对同在屋檐下躲避风暴的小鸟？是两朵在车辙中幸存的蒲公英？我记起我是古老的大地，簪着黎明的珠花；你是年青的天空俯身就我，垂下意义无限的眼睛。

一戴上假面，我们不敢相认。

我相信我们还有其他未泄露的姓名。

你是梦，我是睡眠；你是巍峨的冰峰，我是苍莽的草原；你是躲在受辱的土地上的不屈的弗拉基米尔路，我是路旁履着绿苔的一汪清泉。

在我们以颜色划分的时候，我们彼此不信任。

我相信我们都通晓一种语言。

花钟暗哑的铃声，陨星没写完的诗，日光和水波交换的眼色，以及录音带所无法窃听的——霞光嫣红的远方给予你我的暗示。

如果一定要说话，我无言以答。

1977 年 1 月 24 日

\ 问候玛曲 \

梅　卓

什么使我想起玛曲？

那未经之地，马儿自由奔跑，劲风歌唱着经幡上的文字。

诗歌覆盖过来，韵律便在心头响起。

累计着灵魂向往的次数。从去年冬天开始，那位幻想之子，从玛曲梦游而来。

直到藏历新年来到的一瞬，钟声响起，鞭炮齐鸣，子夜中的寺院桑烟缭绕。

长跪着的人儿恍然听到：遥远的玛曲终于吐露心曲。

那么意外，却又充满温暖！

问候玛曲回避无济于事。幻想中耽搁的孩子，执著地消耗着手机话费。致使脚步匆忙的神灵也感到好奇，停在山岗，侧耳聆听：

你可愿意与我同行？

一起远赴那前生曾叩首的圣地？

美丽的玛曲日夜流淌。

美丽的玛曲云间穿行。

美丽的玛曲阳光照耀。

美丽的玛曲神魂颠倒！

呵，青春的记忆也曾自由！完美的道路在夏天延伸。

拜谒过九十九座神山，祭典过九十九座圣湖，经历的人生已经无可救药。

纯洁的灵魂却要累计向往的次数：

向往着激情的青春岁月，那一去不复返的，将带到来世的遗憾。

今年夏天的雨在青唐狂奔。

今年夏天的风会在何处歌唱？

愿左右为难的日子生长出三头六臂，好抵挡幻想中耽搁的玛曲。

吐蕃特广袤的沃野上，雅鲁藏布宽阔的胸怀间，松石湖耀眼的彩虹下，护法金刚庄严的神舞旁——

玛曲！玛曲！

握着白纸，咬着铅笔，绽开了微笑！

问候玛曲：

藏历新年之后，深夜的酩酊大醉中，拨通了马儿自由奔跑的未经之地：

向你问候，深情的玛曲！

愿你的激情比长久更久。

愿你的青春比永远更远！

\外方人\

[法] 波德莱尔

告诉我，你迷的人，你最爱谁？你的父亲，你的母亲，你的姊妹，你的兄弟么？

“我没有父亲，没有母亲，也没有姊妹，也没有兄弟。”

那么你的朋友呢？

“你用这一个字，直到现在，在我是无意义。”

你的祖国呢？

“我不知道它所在的纬度。”

那么美呢？

“我很愿爱她，那不死的女神——！”

黄金呢？

“我憎恨他如你们憎恨你们的神。”

“那么，奇异的游子，你爱什么呢？”

“我爱那云，——那过去的云，——那边，那神异的云。”

\守护神\

［法］兰　波

他就是情爱和现时，既然他让房屋向水沫淋漓的严冬和夏日的喧嚣敞开，他还净化了酒和食物，他，他就是各种场合消逝时呈现的那种魅力，和在许多驻地出现的超凡的快意。他就是美好和未来，力量和爱，这就是我们站立在愤怒和愁苦中从布满风暴的天空和沉迷的旗上所看到的。

他就是爱，完美的度量，重新发现的节律，不可预料的绝妙的理，他是永恒：受到钟爱的人，资质已由命运决定的机器。他的特许以及我们的退让，我们所有的人都对之感到惊恐惶怖：啊，我们的健康带来的快乐，我们的官能的躁动，自私的情爱和因他而起的激情，他，他爱我们，他为了他无限的生命在深深爱着我们……

我们叫他回到我们身边来，可是他远行在外……如果“崇拜”不复驻留，那就来吧，来，许诺就要降临：“这种种迷信，这古老的肉体，家庭和人生，都去吧。已经沉落消失的是这个时代！”

他不会离去，他没有走，他不会从天上走下来，赎回女人的愤怒和男人的欢乐，还有所有这一类罪恶，他将不会履行承担的责任：因为这是既成事实，他就是他，他依然被爱着。

啊，他吹出的气息，他无数的头颅，他的行程；形式与行为之完美，这种完美所有的那种可怕的速度。

啊，精神的富饶和宇宙的无穷！——他的肉身！绝妙的形蜕，混有新的暴力的美雅的碎裂损灭！

他之所见，他的视线！身后随之而起的是古人的匍匐拜倒以及种种痛苦。

他的生命！就是从最强烈的乐曲中将激荡响亮的痛苦废除。

他的足迹！比古代历次入侵规模还大的迁徙。

啊，他和我们！骄傲，比已失去的仁慈更加宽厚的桀骜不驯。

人世啊！还有新出现的灾祸，还有那明快的歌唱！

他认识我们所有的人，他爱我们所有的人。要知道，今夜，在这冬天的夜里，从海岬到海岬，从汹涌澎湃的极地到城堡，从人群到海滩，从这些方位视角到另一些视角方位，力气已告疲乏，情感已经厌倦，要拳起手来叫他，喊他，看他，再送走他，还要潜在潮汐之下，从雪原之上，追踪他的视线，他的呼吸，他的肉体，他的生命。

\ 年轻的母亲 \

［法］瓦雷利

这个一年中最佳季节的午后，像一只熟意毕露的橘子一样的丰满。

全盛的园子，光，生命，慢慢地经过它们本性的完成期。我们简直说，一切的东西，从原始起，所作所为，无非是完成这个刹那的光辉而已。幸福像太阳一样的看得见。

年轻的母亲从她手里小孩的面颊上闻出了她自己本质的最纯粹的气息。她拢紧他，为的要使他永远是她自己。

她抱紧她所成就的东西。她忘怀，她乐意耽溺，因为她仿佛重新发现了自己，重新找到了自己，从轻柔的接触这个鲜嫩醉人的肌肤上。她的素手徒然捏紧她所结成的果子，她觉得全然纯洁，觉得像一个圆满的处女。

她恍惚的目光抚摩树叶、花朵，以及世界的灿烂的全体。

她像一个哲人，像一个天然的贤人，找到了自己的理想，照自己所应该的完成了自己。

她怀疑宇宙的中心是否在她的心里，或在这颗小小的心里——这颗心正在她臂弯里跳动，将来也要来成就一切的生命呢。

\ 舞蹈家之歌 \

［法］科莱特

你称我为舞蹈家，现在你该明白了，我并没有学过舞蹈。我小时候，你也曾在路上看到我翩跹起舞，追赶自己蓝色的影子。我像一只蜜蜂似的旋转，我那同大路颜色一样的双脚和头发落满金色灰尘的花粉……

你曾看见我从泉边归来，腰边的双耳尖底水罐伴着脚步的节奏而左右摇晃，水，溅在紧身衣衫上，好像斑斑泪痕，又如银蛇盘舞，那迸发的小水柱喷上我的脸蛋，凉丝丝的。我慢腾腾地行走，小心翼翼地迈步，而你说我的步伐是舞蹈。你并不看我的脸，只注视膝盖的动作，腰身的扭摆，辨认我光脚丫的后跟印在沙上的形状和张开的脚趾所留下的痕迹，你把那印迹比作五个大小不一的珍珠。

你对我说："去采这些花吧，去追这只蝴蝶吧……"因为我奔跑着，我身体在绛红的石竹花上每一次的欠伸，我把滑落的披肩撩上身上的每一个动作，你都称之为舞蹈。

在你家里，我坐在油灯高高的火焰与你之间，你对我说："跳个舞吧！"可是我没跳。

我光着身子投入你的怀抱，快悦如同一条火的绸带把我拴在你的床上，当你看到我那无计逃避的情欲从我仰起的脖子到弯弯的双脚的皮肤下奔涌的时候，你却称我为舞蹈家。

意兴阑珊时，我束起头发，你看着我的头发驯服地盘在头上，宛如被笛音迷住的蛇。

我离开你家里时，你喃喃地说："你最美的舞姿，不是当你气喘喘跑来，心中充满欲望，一路上颠摇着裙子搭扣的时刻，而是当你恢复了平静离开我家，膝盖软绵绵的，边走边望着我，下巴垂向肩上的时刻……你的身躯眷恋着我，摇晃着，踌躇着，你的髋部留恋我，你的胸脯感谢我。你扭头看着我，那双预言者的脚则在探索与选择着道路。

"你走了，背影沐浴在夕阳里，变得越来越小，直到橙黄色衣裙里的苗条身姿在斜坡上变成一朵摇曳的火焰。"

倘若你不离开我，我将一边跳着舞，一边走向白色的坟墓。

不由自主地舞着，一天比一天慢下去，我将永远赞美那使我变美，那烛照我被爱的光明。

让众神使我绰约地跌落，双臂在头上并拢，一腿屈，一腿伸，好像一切准备停当，只消轻轻一跃就跨过幽灵王国的黑门槛儿……

你称我为舞蹈家，可是我呀并不会舞蹈……

\ 一次晨祷 \

［奥地利］里尔克

如若可能，早起工作。你若不能做到，是什么阻碍了你？路途中有什么艰难吗？你不喜欢艰难？它能够将你杀死，它具有威力，这是你所知的艰难。你对轻松又了解多少？一无所知。我们对轻松毫无记忆。即使你可以选择，你难道不是必得选择那艰难吗？你未感到它与你相连吗？它难道未经由你的爱与你相连吗？它难道不是真正的来自故乡的东西吗？

你若选择了艰难，不就与自然统一了？你认不认为呆在泥土里的种子不会更轻松？难道候鸟和那些自谋生路的野兽过得不艰难？

你看：根本不存在轻松与艰难。生活本身就是艰难的，但你想活命吧？你若把接受艰难称为义务，你就错了。驱动你这样做的是自我生存的本能。你的义务究竟是什么？义务就是去爱艰难。你承受艰难而言语不多，你必须晃着它哄它入睡，当它需要你时，你必须在它身旁。它随时都会需要你。

你必须相当热心和良善，将你的艰难宠惯，使它离不了你，使它像孩子一样依赖你。

你若做到这一步，你将不再愿意来人将它从你手里夺走。

你凭爱走到这一步。爱是艰难的。如果有人令你去爱，他给了你一项巨大的任务，但不是不能完成的。因为，他不是让你去爱人，这不是初学者能做到的，他也不要求你去爱上帝，这只有最成熟的人才能做到。他只是指向你的艰难，那是你最微薄又最丰沃的东西。你看，轻松对你一无所求，但艰难在等着你，你的所有力量在那儿都派得上用场，而且，即使你的生命漫长，你也没有一天留给讥嘲你的轻松。

走进你自己的心，建造你的艰难。你若如一块随四季变换的土地，那么，你的艰难在你心中应如一间房屋。想想看，你不是星辰：你没有轨道。

你必须成为自己的一个世界，你的艰难应是这世界中心，吸引着你，有朝一日，它将越过你，以其重力影响一个命运、一个人，影响上帝。当它成熟，上帝将进入到你的艰难之中。除了在此，你难道还会在别处与上帝相遇吗？

\ 普罗米修斯 \

［奥地利］卡夫卡

关于普罗米修斯，共有四种传说：按照第一种传说，他因为把众神的秘密泄露给了人类，所以被钉在高加索的一块岩石上，众神派鹰来啄食他的肝，而肝则永远重新长出来。

按照第二种传说，普罗米修斯不堪鹰嘴又啄又撕的痛苦，便把自身日益往岩石深处挤进去，终于同岩石合而为一了。

按照第三种传说，在几千年的过程中间，他的叛逆行为被遗忘了，被众神和鹰遗忘了，也被他自己遗忘了。

按照第四种传说，大家对这件毫无意义的事逐渐感到厌倦了。众神逐渐厌倦了，鹰逐渐厌倦了，伤口也厌倦地愈合了。

遗留下不可解释的大块岩石。传说竭力要解释那不可解释的。由于它来自真理的底层，归根结底，它势必流于不可解释。

\幸　福\

[波兰] 解特玛尔

我们将不说我们现在所热烈渴慕着的幸福，我们将不说它……

幸福，好像一个可爱的小鸟似的……容易将它一下惊去。

我们将静静的等着，我们将不说它，甚至于并不想……在我们心的僻地，在我们心的深处，我们将热望着幸福，现在由于个人意思将这种热望隐起。因为幸福好像介于乌云中的亮光；显现一分钟，一闪便又迅速地躲去。

我们将不召唤幸福，我们将不热力追寻，我们将不为它而战争；我们好像那梦见在圣诞节的夜晚，基督带着赠礼向他们跟前走近的孩子一般，他们颤惊的，——静静的等待着他，在不可耐的恐惧里——我们也等待着。

如果应当来，它是要来的……

幸福，好像那仅只生活一日的花们所默想的太阳一样……伊们不能向它走近，伊们期待着它。如果日子是光明的，它将要来到……如果乌云遮蔽着天空，伊们空空地等待……伊们将衰萎而且看不见太阳……暮晚的时候，在死的一刹那，伊们说道：我们空空地向它展开了自己的花萼，——它没有来……

我们将静静地等待着幸福……它对于心，也就好像太阳对于仅只生活一日的花们一样……如果应当来……它是要来的。

我们将不说我们现在所热烈渴慕着的幸福，我们将不说它……它惊怯得好像一只小鸟似的。

\ 生活是美好的（对企图自杀者进一言） \

［俄国］契诃夫

生活是极不愉快的玩笑，不过要使它美好却也不很难。为了做到这点，光是中头彩赢了二十万卢布、得了“白鹰”勋章、娶个漂亮女人、以好人出名，还是不够的——这些福分都是无常的，而且也很容易习惯。为了不断地感到幸福，甚至在苦恼和愁闷时候也感到幸福，那就需要：（一）善于满足现状，（二）很高兴地感到：“事情原来可能更糟呢”。这是不难的。

要是火柴在你的衣袋里燃起来了，那你应当高兴，而且感谢上苍：多亏你的衣袋不是火药库。

要是有穷亲戚上别墅来找你，那你不要脸色发白，而要喜气洋洋地叫道：“挺好，幸亏来的不是警察！”

要是你的手指头扎了一根刺，那你应当高兴：“挺好，多亏这根刺不是扎在眼睛里！”

如果你的姨子或者小姨练钢琴，那你不要发脾气，而要感激这份福气：你是在听音乐，而不是听狼嗥或者猫的音乐会。

你该高兴，因为你不是拉长途马车的马，不是寇克的“小点”，不是旋毛虫，不是猪，不是驴，不是茨冈人牵的熊，不是臭虫。……你要高兴，因为眼下你没有坐在被告席上，也没有看见债主在你面前，更没有主笔土尔巴谈稿费问题。

如果你不是住在边远的地方，那你一想到命运总算没有把你送到边远的地方去，你岂不觉着幸福?

要是你有一颗牙痛起来，那你就该高兴：幸亏不是满口的牙痛起来。

你该高兴，因为你居然可以不必读《公民报》，不必坐在垃圾车上，不必一下子跟三个人结婚。……

要是你给送到警察局去了，那就该乐得跳起来，因为多亏没有把你送到地狱的大火里去。

要是你挨了一顿桦木棍子的打，那就该蹦蹦跳跳，叫道：“我多么运气，人家总算没有拿带刺的棒子打我!”

要是你的妻子对你变了心，那就该高兴，多亏她背叛的是你，不是国家。

依此类推。……朋友，照着我的劝告去做吧，你的生活就会欢乐无穷了。

\ 当我去世的时候…… \

［俄国］屠格涅夫

当我去世的时候，当我的一切化为灰烬的时候，啊你，我的惟一的朋友，啊你，我如此深情、如此温柔地爱过的人，你也许活得比我长久，请不要到我坟墓上去……那里你将无事可做。

请别忘记我……但在日常的操劳、满足、需要之中也别想起我……我不愿妨碍你的生活，不愿打扰你平静的生活之流。但在独处的时刻，当那种羞怯的、莫名的忧伤袭上你心头的时候（这是善良的心灵常有的事），请拿出一本我们心爱的书籍，从中找出那些篇页和字句，还记得吗，那些篇页和字句常使我们俩一下子流出甜蜜的无言之泪。

请读完它，然后闭上眼睛，向我伸出手来……向不在的朋友伸出你的手。

我将不能用我的手握住它。我的手将一动不动地躺在黄土之下。但我现在快慰地想到：也许你在你的手上会感受到轻微的抚摸。

于是我的形象将出现在你的眼前，从你闭着的眼睑里将涌流出眼泪，犹如我们俩被美陶醉之后，有时和你一起流出的那些眼泪那样。啊你，我的惟一的朋友，啊你，我如此深情、如此温柔地爱过的人！

\艺术家\

［英］王尔德

一天晚上他心灵里忽然起了一种欲望，他想雕塑一个“一时的欢乐”的像。他便到世界中去找寻青铜。因为他只能用青铜表现他的思想。

可是世界上所有的青铜都不见了；全世界没有一个地方可以找到青铜；除了那个“永恒的悲哀”的像，它倒是用青铜雕塑的。

这铜像是他自己所有的，他亲手雕塑的，他把它安放在他生平惟一一种爱的东西的墓上。在他一生所最爱的那死去的东西的墓上，他安放了他这个亲手雕塑的像，作为一个人的不死的爱的表记，作为一个永久存在的悲哀的象征。在全世界中除了这个像外，就没有别的青铜了。

他拿了他从前雕塑的像，把它放进一个大熔炉里，给火来熔化它。用了“永恒的悲哀”，他雕塑出一个“一时的快乐”来。

\ 母亲的诗（节选） \

［智利］米斯特拉尔

被　吻

我被吻之后成了另一个人：由于同我脉搏合拍的脉搏，以及从我气息里察觉的气息，我成了另一个人。如今我的腹部像我的心一般崇高……

我甚至发现我的呼吸中有一丝花香：这都是因为那个像草叶上的露珠一样轻柔地躺在我身体里的小东西的缘故！

他会是什么模样？我久久地凝视玫瑰的花瓣，欢愉地抚摸它们；我希望他的小脸蛋像花瓣一般娇艳。我在盘缠交错的黑莓丛中玩耍，因为我希望他的头发也长得这么乌黑拳曲。不过，假如他的皮肤像陶工喜欢的黏土那般黑红，假如他的头发像我的生活那般平直，我也不在乎。

我远眺山谷，雾气笼罩那里的时候，我把雾想象成女孩的侧影，一个十分可爱的女孩，因为也可能是女孩。

但是最要紧的是，我希望他看人的眼神跟那个人一样甜美，声音跟那个人对我说话一样微微颤抖，因为我希望在他身上寄托我对那个吻我的人的爱情。

甜　蜜

我怀着的孩子在熟睡，我脚步静悄悄。我怀了这个神秘的东西以来，整个心情是虔诚的。

我的声音轻柔，仿佛加上了爱的弱音器，因为我怕惊醒他。

如今我的眼光在人们的脸上寻找内心的痛苦，以便别人看到并了解我脸色苍白的原因。

我小心翼翼地拨动鹌鹑安巢的草丛。我轻手轻脚地走在田野上，我相信树木也有熟睡的孩子，所以低着头在守护他们。

永恒的痛苦

如果他在我身体里受罪，我会苍白失色；我为他隐秘的压迫感到痛苦，我看不到的人稍一活动可能要我的命。

可是你们别以为我只在怀着他的时候，才跟他有千丝万缕的联系。当他下地自由行走的时候，即使离我很远，抽打在他身上的风会撕裂我的皮肉，他的呼号会通过我的嗓子喊出。我的哭泣和我的微笑都以你的脸色为转移，我的孩子。

宁　静

我已不能在外面走动：我为肥大的腰身和深陷的眼眶觉得害羞。可是把花盆拿到这儿来，放在我身旁，久久地弹奏齐持拉琴：我要在美妙中沉浸。

我对熟睡的他诵读永恒的诗句。我在回廊里一小时又一小时地晒太阳。我要像果实一样，酝酿甘美的汁液，让它甜到我心底。我让松林里吹来的风抚拂我的面庞。

阳光和风使我的血液鲜红清洁。为了净化血液，我不让自己憎恨、抱怨，只让自己充满爱情！

我在这种宁谧安静中织成一个奇妙的身体，有血管、面孔、明亮的眼睛和纯洁的心灵。

大地的形象

以前我没有见过大地真正的形象。大地的模样像是一个怀里抱着孩子的女人（生物偎依在她宽阔的怀抱）。

我逐渐明白了事物的母性。俯视着我的山岭也是母亲，黄昏时分，薄雾像孩子似的在她肩头和膝前玩耍。

现在我想起了溪谷。溪底的流水给荆棘遮住，还看不见，只听得它潺潺歌唱。我也像溪谷；我觉得细流在我深处歌唱，被我身体的荆棘遮住，还没有见到光亮。

母　亲

我妈妈来看我；她坐在我身边，我们有生以来第一次像姐妹似的谈论未来的大难关。

她用颤抖的手抚摸我的肚子，轻轻地解开我的上衣。经她的手触摸，我觉得我的内心像含羞草缓缓舒展，乳汁的波浪涌上胸脯。

我臊红了脸，不知所措，向她诉说我的苦恼和忧虑。我扑到她胸前，又成了一个小姑娘，为了生命的恐惧在她怀里啜泣！

黎　明

我折腾了一宿，为了奉献礼物，整整一宿我浑身哆嗦。我额头上全是死亡的汗水；不，不是死亡，是生命！

上帝，为了让他顺顺当当出生，我现在管你叫做无限甜蜜。

出生了吧，我痛苦的呼吸升向黎明，和鸟鸣汇合！

\ 爱 \

[智利] 聂鲁达

因为你，当我们立在鲜花初绽的花园旁边时，春天的芬芳使我痛楚。

我已忘却你的芳容，也不记得你的纤手，更不记得你的朱唇如何亲吻。

因为你，我喜爱睡卧在公园里的白色雕像，那些白色的雕像默然无声，两眼一无所见。

我已忘却你的声音——你欢乐的声音；我已忘却你的双眸。

有如鲜花离不开花香，我割不断对你的朦胧记忆。我就像一处一直在疼痛的创伤，只有你一加触碰，立刻会使我遭受莫大的伤害。

你的脉脉柔情缠绕着我，犹如青藤攀附着阴郁的大墙。

我已忘却了你的爱，可我却从每一个窗口里隐约地看到你。

因为你，夏季沉闷的气息使我痛楚。因为你，我又去留意燃起欲望的种种标志，去窥视流星，去窥视一切坠落的事物。

\笑与泪\

[黎巴嫩] 纪伯伦

太阳从那些草木葳蕤的花园里收敛起它金色的余晖。月亮从地平线上升起来，洒下清辉静柔如水。我坐在树丛下，注视着这瞬息万变的天空。从袅娜多姿的枝叶间，我仰望着满天繁星，好似无数的银币撒落在广阔无边的蔚蓝色的地毯；我侧耳细听，远处传来山涧小溪淙淙的流水声。

夜鸟投林，花儿也闭上了眼睛，四周是一片寂静。这时，我听到草地上传来一阵轻轻的脚步声。我回眸望去，只见走过来一对青年男女。他们坐在一棵枝繁叶密的树下，他们看不见我，我却能看清他俩。

小伙子先朝四周望了望，然后才听见他开了腔："坐下吧，亲爱的，请你坐在我身边。你笑罢！因为你的微笑象征着我们的未来无限美好。你高兴罢！因为岁月都为我们感到快乐。我仿佛觉得你心中还有怀疑，而对于爱情的怀疑就是一种罪过呀，亲爱的！不久，月光照耀下的这片广阔的土地都将属于你，这座公馆并不亚于国王的宫殿，也将归你掌管。我的骏马良驹将驮着你到处旅行游逛；我的华丽的车子会载着你出入剧院、舞场。亲爱的！微笑吧，就像我宝库中的黄金那样微笑罢！请你对我瞧一瞧，要像我父亲的珠宝那样瞧着我。听我说，亲爱的！我的心执意要在你面前倾吐它的衷情。

我们将欢度蜜年，我们可以带上大量的金钱，到瑞士的湖边，到意大利的公园，在尼罗河畔法老的宫殿，在黎巴嫩翠绿的杉树下、丛林间度过我们的蜜年。你将会见公主和贵妇，你的一身珠光宝气，连她们都会对你妒忌。这一切都是我要献给你的，你可满意？啊！你笑得多么甜！你的微笑就仿佛是我的命运在微笑一般。”

过了一会儿，我看到他俩慢慢地走着，他们脚踩着鲜花，就好似富人的脚把穷人的心践踏。

他俩消逝在黑暗里，我却还在思考金钱在爱情中所占的地位。我想到，金钱是人类万恶之源，而爱情则是幸福与光明的源泉。

浮想联翩，使我感到茫然。正在这时，有两个人影经过我的面前，然后坐在不远的草地上面。又是一对男女青年，他们来自农舍、田间。先是一阵寂静，此时无声胜有声。接着我听到话语伴随着深深的长叹，说话的是那位害肺病的青年：“揩干你的眼泪，我亲爱的！爱情使我们眼亮心明，让我们成了它的仆从，它赋予我们坚忍顽强的品性。擦干你的眼泪！要感到欣慰，因为我们为崇拜爱情，结成了神圣同盟。为了甜蜜、纯洁的爱情，我们可以忍受一切痛苦和不幸，经受得住离别和贫困。我一定要同岁月较量一番，直到获得一笔像样的财产，奉献在你面前，帮助我们度过生命的各个阶段。亲爱的！主就是美好爱情的体现，它会接受我们的泪水和悲叹，就像接受香火一般。它也会为此奖赏我们应得的命运。亲爱的，再见吧！月亮落去之前我该走啦！”

随之我听到一阵柔声细语，间杂着炽热如火的喘息。那声音出自一位温柔的少女，她把内心的一切都糅进了那话音——爱情的炽热、离别的痛苦和永久的甜蜜，她说：“再见吧，我亲爱的！”

随后，他俩分了手。我坐在那棵树下，怜悯好像无数只手在揪扯我的心绪。这奇妙世间的许多奥秘，实在让我感到茫无头绪。

这时，我注视着沉睡的大自然，细细地察看，于是我发现其中有一样无边无际的东西。一种用金钱也无法买到的东西；一种用秋天的凄凉的泪水所不能冲掉的东西；一种不能为严冬的悲愁所扼杀的东西；一种在瑞士的湖畔、意大利的游览胜地所找不到的东西：它是那样坚忍顽强！能挺过严冬，在春天开花生长，在夏天结果繁荣。我发现那东西就是爱情。

\ 真伪之间 \

[黎巴嫩] 纪伯伦

生活带着我们走过一程又一程，命运使我们的境遇不断变迁。我们见到的只是一路崎岖坎坷；我们听到的一切都令人心惊胆战。

美坐在他荣耀的宝座上，显露在我们面前。于是我们走近他，以思慕为名，弄脏了他的衮服，摘下了他纯洁的王冠。爱情穿着温顺的衣衫，经过我们面前，于是我们有的人对他疑惧，躲在暗中窥探；有的人对他紧紧追随，冒他的名字，作恶多端。我们中明智者把他看作是沉重的桎梏，虽然他轻柔赛过鲜花的芳香，温顺得胜过黎巴嫩的煦风。睿智站在街头巷尾，当众大声召唤我们近前，我们却认为那是荒诞，对他的追随者冷眼相看。自由邀请我们赴宴，享受他的美酒、盛筵，我们去了，嘴流馋涎，于是那宴会变得令人作呕，庸俗不堪。自然向我们伸出友好之手，要我们享受他的美，而我们竟害怕他的静谧而投奔到城市里。在那里，我们越来越多，拥挤不堪，好似遇到狼的羊群，挤成一团。真情被孩子的微笑或是情人的亲吻领来看望我们，我们却在他面前关紧我们情感的大门，远离开他，好像一个龌龊的罪人。良心在向我们求救，灵魂在呼唤我们，我们却闭目塞听，冥顽不灵；如果有谁听到他良心的呼喊和灵魂的召唤，我们就会说，这蔫了，他们就会把我们丢进垃圾堆里去。人类残酷的手将使我们离开故土——田野，我们怎能不哭泣？

过了一会儿，我听到溪水像失去儿子的母亲似的在号哭，于是我问道：“甘美的溪水呀，你为什么哭泣?”它答道：“因为我不得不流进城里，但在那里，人们却鄙视我，他们用葡萄酒代替我饮用，而用我去为他们洗涤污垢。不久，我这冰清玉洁的身体就会变成污泥浊水。我怎能不号哭?”

随后，我侧耳细听，又听到鸟儿仿佛号丧似的在唱一首悲歌，我就问道：“漂亮的鸟儿呀！你们在为谁号丧唱挽歌?”一只小鸟走近我，站在枝头上说：“人将带着一种该死的器具，像用镰刀割草似的把我们消灭掉。我们正在相互诀别，因为大家都不知道谁会幸免于难。我们走到哪里，死神就跟随到哪里，我们怎能不号丧唱挽歌呢?”

旭日从山后冉冉升起，为树丛戴上了一顶顶金冠，我不由得想：“人类为什么要破坏大自然创建的东西呢?”

\完 美\

[黎巴嫩] 纪伯伦

兄弟，你问我：人，何时才能完美无缺？

请听我回答：

当人渐臻完美之时，会感到自己是浩无边垠的苍穹，是横无际涯的海洋，是盛燃不衰的烈火，是璀璨耀目的光焰，是间或狂作、间或静默的风暴，是时而电闪雷鸣、时而大雨滂沱的乌云，是欢歌笑吟或悲泣哀号的流水，是春来繁花似锦、秋至枝叶凋零的万木，是耸入云霄的山峦，是深邃低沉的峡谷，是有时肥沃丰饶、有时荒芜贫瘠的大地。

当人感到这一切之时，也便到达了通往完美之路的中途。要想达到完美境界，那么他还应该在内省之时自感是依恋母亲的孩童，是责及后嗣的长者，是彷徨于愿望与爱情之间的青年，是奋战过去、苦挣未来的壮年，是独蹲禅房的隐士，是身陷囹圄的罪犯，是埋头书稿的学者，是不辨昼夜的愚夫，是缩身于信仰鲜花与孤独芒刺之间的修女，是挣扎在软弱獠牙与饥馑利爪之间的娼妓，是饱尝苦涩、逆来顺受的穷汉，是利欲熏心、谦恭下士的富翁，是漫游在晚霞烟雾和黎明曙光之中的诗人。

当人经历并且熟悉了这一切的时候，也便达到了完美境地，与上帝形影不离。

\ 金香木花 \

[印度] 泰戈尔

如果我闹着玩儿，变成一朵金香木花，长在那树的高枝上，在风中笑得摇摇摆摆，在新生嫩叶上跳舞，妈妈，你认得出是我吗?

你会叫唤:“孩子，你在哪儿啊?”我要暗自好笑，一声也不吭。

我要暗暗展开花瓣，看着你工作。

你洗澡之后，湿发披在两肩，穿过金香木花的阴影，走到小院子里去祈祷时，你会闻到花香芬芳，可你不知道这芳香是从我身上发出来的。

午餐之后，你坐在窗边读《罗摩衍那》树影落在你的头发与膝头上时，我要把我小而又小的影子投在你的书页上，就投在你正在阅读的地方。

可你会猜到这就是你的小孩子的小而又小的影子吗?

黄昏时分，你手中掌着点亮的灯，走到牛棚里去，我要突然再落到地上，重新成为你自己的孩子，求你给我讲个故事。

“你这顽皮孩子，你上哪儿去了?”

“妈妈，我才不告诉你呢。”这就是我同你要说的话了。

\ 花儿学校 \

［印度］泰戈尔

雷电交作的风云在天空隆隆的响，六月的阵雨哗啦啦地倾泻而下，潮湿的东风疾卷过荒原，到竹林里来吹它的风笛，这时，成群的花儿便从谁也不知道的地方冒了出来，欢天喜地的在青草上跳舞。

妈妈，我真的觉得花儿们是在地下学校里上学。

它们关起校门做功课，如果它们违反校规，过早的跑出来玩儿，它们的老师就要罚它们站在墙角里。

大雨来时，花儿们便放假了。

树枝在林中磕磕碰碰的，树叶在狂风中簌簌的响，雷电交作的黑云鼓着巨掌，而花儿娃娃们便穿着粉红、鹅黄、雪白的衣裳，冲出来了。

妈妈，你可知道，花儿的家是在天上，在星星居住的地方。

你不看见花儿们急着要到天上去吗？难道你不知道它们为什么这样急急忙忙吗？

当然啦，我猜得出花儿们向谁伸出了双臂：因为花儿自有花儿的妈妈，就像我有我自己的妈妈一样。

\结　局\

[印度] 泰戈尔

该是我走的时候了，妈妈；我走了。

你在寂寞黎明的薄暗中伸出手去抱你床上的孩子时，我要告诉你，“孩子不在了！”——妈妈，我走了。

我要变成一缕轻风抚摸你；你沐浴时我要变成水里的涟漪，我要再三的亲你吻你。

大风之夜，雨点潺潺地落在叶子上，这时你会听见我在你床上喁喁细语；而我的笑声，会随着闪电从打开的窗口闪进你的房间。

如果你躺在床上睡不着，想念你的孩子直至深夜，我要从繁星上给你唱歌：“睡吧，妈妈，睡吧。”

我要乘明月的游光，偷偷地来到你的床上，在你沉沉入睡时躺在你的胸膛上。

我要变成一个梦，穿过你眼皮的细缝，溜到你的睡眠深处；当你醒过来，吃惊地向四周张望时，我就像闪烁明灭的萤火虫一样飞到外边儿黑暗中去。

逢到盛大的“难近母祭日”，邻家的孩子都来屋子附近玩耍时，我要融化在笛声里，整天在你心头起伏动荡。

亲爱的姨母带着节日礼物来访，会问你：“姐姐，咱们的孩子在哪儿?”妈妈，你会柔声细气地告诉她：“他在我的瞳仁里，他在我的身体里和灵魂里。”

\生　活\

[阿富汗] 乌尔法特

同是一个溪中的水。可是有的人用金杯盛它，有的人却用泥制的土杯子喝水。那些既无金杯又无土杯的人就只好用手捧水喝了。

水，本来是没有任何差别的。差别就在于盛水的器皿。

君王与乞丐的差别就在“器皿”上面。

只有那些最渴的人才最了解水的甜美。从沙漠中走来的疲渴交加的旅行者是最知道水的滋味的人。

在烈日炎炎的正午，当农民们忙于耕种而大汗淋漓的时候，水对他们是最宝贵的东西。

当一个牧羊人从山上下来，口干舌燥的时候，要是能够趴在河边痛饮一顿，那他就是最了解水的甜美的人。

可是，另外一个人，尽管他坐在绿荫下的靠椅上，身边放着漂亮的水壶，拿着精致的茶杯喝上几口，也仍然品不出这水的甜美来。

为什么呢？因为他没有旅行者和牧羊人那样的干渴，没有在烈日当头的中午耕过地。所以他不会觉得那样需要水。

无论什么人，只要他没有尝过饥与渴是什么味道，他就永远也享受不到饭与水的甜美。不懂得生活到底是什么滋味。

生活
寓言

\ 荒芜了的花园 \

郑振铎

一座荒芜了的花园里，只有有毒的恶草与刺人的荆棘生长着；除了蟋蟀在草丛中悲鸣以外，听不见别的声响了。

美丽的池从前淙淙地流过石桥的，现在因为没有人管理，渐渐地干了——干得见底了。

美丽的花木从前灿烂微笑地盛开着的，现在因为没有人时时灌溉，也渐渐地萎枯尽了。

就是从前天天飞到园里唱夜之歌的夜莺，也因为他的好朋友玫瑰死了，好久没有飞来了。

有一天忽然有好几个人来到园里。

他们看见这座美丽的花园的凄凉情况，几乎要痛哭了。

他们坐在快要塌倒的草亭破椅上，谈起这座花园的以前的美景，个个人脸上都显出追慕惋惜的神色。

一个叹气道："难道我们就任他长此荒芜了么?"

其余的人都毅然站起身来道："不，决不，我们应该大家努力把它整理好。"

于是他们跑到池旁，坐在一块假山上，细细地讨论怎样改造这座荒芜的花园的方法。

青蛙带着满肚子的喜欢，由池岸下石罅中跳出来听。

终夜悲鸣的蟋蟀也暂时停止了它的哭声，由草丛中露出半个头来，看他们讨论。

他们悉心地讨论，还用粉笔在石上画了许多草图，计划着将来园中的种种布置。

他们由黎明讨论到早餐过后，还没有商议好一件事，因为他们的意见有许多不能相同。

青蛙暗想道：“为什么他们还不动手作工，只在那里滔滔不息地讨论呢？”

后来他们舍了将来的详细计划，转而讨论改造这座废园的入手的方法。

一个人说：“应该先把恶草和荆棘砍除掉，然后才能把花木栽下。”

别一人说：“不然，应该先把花木运来，然后再去砍伐恶草和荆棘，因为——”

别一人说：“不然，我表同情 Y 君的话，恶草和荆棘如果不先除去，佳木好花是决不能栽种的，因为——”

其余的人说：“不然，你的话错了。我赞成 B 君的意见，因为——”

他们各举了许多理由，互相辩论，还引了许多例来证明他们的话，由早餐的时候一直辩论到正午，家家炊烟起了，还没有停止，甚至因为意见不合他们至于互相谩骂，……而且扭打了。

青蛙等得不耐烦，哭丧着脸，不高兴地，一步一步慢腾腾地仍旧走进石罅中去。

蟋蟀的希望也渐渐地减少了；他不愿意看见他们的争斗，终于把头缩回草丛中，跑到墙角下，拖长它的音调，重复曼声地悲鸣起来。

荒芜了的花园还是照旧荒芜着。

\ 梦 \

陆　蠡

迅疾如鹰的羽翮，梦的翼扑在我的身上。

岂不曾哭，岂不曾笑，而犹吝于这片刻的安闲，梦的爪落在我的心上。

如良友的苦谏。如恶敌的讪讥，梦在絮絮语我不入耳的话。谁无自耻和卑怯，谁无虚伪和自骄，而独苛责于我。梦在絮絮语我不入耳的话。

像白昼瞑目匿身林中的鸱枭受群鸟的凌辱，在这无边的黑夜里我受尽梦的揶揄。不与我以辩驳的暇豫，无情地揭露我的私隐，搜剔我的过失，复向我作咯咯的怪笑，让笑声给邻人听见。

想欠身起来厉声叱逐这无礼的闯入者。无奈我的仆人不在。此时我已释了道袍，躺在床上，一平如凡的人。

于是我又听见短长的评议，好坏的褒贬，宛如被解剖的死尸，披露出全部的疤点和瑕疵。

我不能耐受这絮语和笑声。

“去罢，我仅须要安详的梦。谁吩咐你来打扰别人的安眠?”

“至人无梦哪!”调侃地回答我的话。

“我岂讳言自己的陋俗，我岂需要你的怜悯?”

“将无所悔么?”

“我无所悔。谁曾作得失的计较?”

“终将有所恨。”

“我无所恨。”

梦怒目视着我。但显然有点畏葸。复迅疾如鹰的羽翼,向窗口飞去。

我满意于拒绝了这恐吓的试探。

“撒但把人子引到高处,下面可以望见耶路撒冷全城。说,跳下去罢。”

他没有跳。

我起来,掩上了窗户。隐隐望见这鹰隼般的黑影,叩着别人的窗户。

会有人听说“跳下去罢”便跳下去的罢。

一九三六,三

\过　桥\

缪崇群

一个怕过桥的少女，她住在江的彼岸。

在江的这边或那边，我们却常常会见，记不清谁从桥上过来，谁从桥上过去。

那边有油绿的原野，和青螺般的峰峦，这边有闹市，有商店，有齐整的城垣。

轻轻地诅咒它，这桥，正横在我们两者之间。

默默地感谢它，这桥，也是连系着两边的一条线。

用喜惧与忧患捻成的线，悄悄地它会穿过了我们心灵的眼。

我喜欢这个怕过桥的少女，因为她是天真而没有一点邪念。我喜欢桥，桥通着彼岸。或者更多的纯真的少女们也住在彼岸。

桥的影子投在江上，任凭那些呜咽着的，奔腾着的，像无数生命似的波流吻它，它不作一声语言。

桥的影子映在雨过的天上，那是一条彩虹，象征了它的光明与灿烂。

我认识了真理，真理住在光明里。

我认识了桥，桥是被真理砌成的一面。

桥永远连着两岸，真理使我们每个人的心灵接近了。

\ 养花人的梦 \

艾 青

在一个院子里，种了几百棵月季花，养花的认为只有这样才能每个月都看见花。月季的种类很多，是各地的朋友知道他有这种偏爱，设法托人带来送给他的。开花的时候，那同一形状的不同颜色的花，使他的院子呈现了一种单调的热闹。他为了使这些花保养得好，费了很多心血，每天给这些花浇水，松土，上肥，修剪枝叶。

一天晚上，他忽然做了一个梦：当他正在修剪月季花的老枝的时候，看见许多花走进了院子，好像全世界的花都来了，所有的花都愁眉泪睫地看着他。他惊讶地站起来，环视着所有的花。

最先说话的是牡丹，她说："以我的自尊，决不愿成为你的院子的不速之客，但是今天，众姊妹们邀我同来，我就来了。"

接着说话的是睡莲，她说："我在林边的水池里醒来的时候，听见众姊妹叫嚷着穿过林子，我也跟着来了。"

牵牛弯着纤弱的身子，张着嘴说："难道我们长得不美吗？"

石榴激动得红着脸说："冷淡里面就含有轻蔑。"

白兰说："要能体会性格的美。"

仙人掌说："只爱温顺的人，本身是软弱的；而我们却具有倔强的灵魂。"

迎春说："我带来了信念。"

兰花说：“我看重友谊。”

所有的花都说了自己的话，最后一致地说：“能被理解就是幸福。”

这时候，月季说话了：“我们实在寂寞，要是能和众姊妹们在一起，我们也会更快乐。”

众姊妹们说：“得到专宠的有福了，我们被遗忘已经很久，在幸运者的背后，有着数不尽的怨言呢。”说完了话之后，所有的花忽然不见了。

他醒来的时候，心里很闷，一个人在院子里走来走去，他想：“花本身是有意志的，而开放正是她们的权利。我已由于偏爱而激起了所有的花的不满。我自己也越来越觉得世界太窄狭了。没有比较，就会使许多概念都模糊起来。有了短的，才能看见长的；有了小的，才能看见大的；有了不好看的，才能看见好看的……从今天起，我的院子应该成为众芳之国。让我们生活得更聪明，让所有的花都在她们自己的季节里开放吧。”

一九五六，七，六

\理想树\

徐　迟

你是一株美丽的树。你是一株智慧的树。并且，你是一株与日月俱增其美丽、智慧与生命，是的，生命的树。我原以为你在我这心的贫瘠的泥土上是不能生长的。我认为你应当是另一个乐园的沃土上的理想的树。谁知你竟在我的心上发芽了，生长了。在我心的瘠土上，我植下了一株又一株的树，它们都没有长起来。并没有注意你的顽强的存在，你却在那里默默地伸展着，毫无怨言地茂郁地长成起来。我已惊讶地见到你，闪光的你，张开了美丽的华盖，开放了美丽的花朵，结出了智慧的果实，培育着辉耀的理想。我膜拜着你，我的艺术之树。我膜拜着你，我的理想之树。

一九三六

\播种者\

莫　洛

你说："播种者，是辛苦的。"

我说："播种者，是无比的欢愉呀！"

布谷鸟畅鸣着。在蒙雾的林子里，在春晨的烟雨里，甚至在墨黑的夜里，它，这布谷鸟，都辛劳地啼鸣。

春天，是播种的季节。

春天，万物都把潜藏的生命的力，跟同希望，炸裂开来。——所有的种子，都挣破了硬壳或种皮；芽蕾，怀着新生的喜悦，突出泥层……

田畦，茫茫一片，散发出潮湿的泥土的气息。春雨洒过后，黑色的土粒，像吮足了乳浆的婴儿，肥胖胖的，密挤挤的，睡在田野里。

树林，由疏朗的，变成丛密的了；由苍灰的，变成翠绿的了……雀子在流穿着飞鸣。

春天，是繁荣的季节。

春天，让一切沉睡的都惊醒，让一切寒冷都消失，让世上所有有生命或无生命的东西，都欢喜而美丽。

但是，雨落着，雨落着……

但是，雾蒙着，雾蒙着……

而播种的人，是不怕雨也不怕雾的。他播着种子在田土里；播着无数的种子……

让无数的种子都发芽。

播种的人，不怕自己劳瘁，勤苦地工作。

……然而，你有看见过这样的播种者吗？——

这样的播种者：跣脚，蓬头，在翳眼的雾雨中，跪在泞濡濡的泥土上，用两只手，弯曲了手指，在土壤里挖着，掘着；然后，仰起头，咬咬牙齿，坚决地，用沾着泥的双手，撕开自己的胸膛，捧出一颗血红的，热腾腾的心，放进土穴里；然后，又用沾着血和泥的双手，小心翼翼地，掩合了泥；又抚爱而珍重地，把泥土压实。最后，向四方望望，满足地倒下——就倒在这黑色的泥土上，红色的血泊中；嘴边，浮着殉道者一样的胜利的笑纹……

你看见过吗，这样的播种者？

——这样的播种者，在争自由的土地上，是无数无数的。……

布谷鸟畅鸣着。在蒙雾的林子里，在春晨的烟雨里，甚至在黑黑的夜里，布谷鸟都辛劳地啼鸣。

春天，是播种的季节呀！

播种的人，播下无数的种子。

让所有的种子都发芽吧！

你说："播种者，是辛苦的。"

但是，我告诉你："播种者，当收获的时候，他该是多么的快活呀！"

一九四二，春天

\敲土者\

彭燕郊

秋天来了，晚稻已收获，田土被翻耕过来了。牛拖着犁把它耕过，接着，像甲虫那么幼小的，农人们的身影，持着杵槌，出现在田野上了。

土地裸露着，呈着庄严的黑色，她的肌肉绒软而有弹性，像黑种的美女。敲土者弓身向着她，“扑，扑，扑……”一杵槌，一杵槌地，钟表的滴答般，再现着时间本身的寂静。辽阔的大野，没有回声。那寂寞的杵声，就像一朵朵小小的星花，闪动着，时生时灭。

听哪，那是秋天的足音呵。

像是发自大地的几千里下的奥底，叫人想念到秋天，远方归来的游子般可怜爱的秋天，那么惹人乡愁的，轻轻的，微微的，沉着的足音呵。

“扑，扑，扑……”

农人们认真地工作的憨厚的姿态，叫人想起觅食的鸦雀。听哪，那纯朴的声音，就跟他们的灵魂一般。从那声音里，过分的奢望，过多的企求，是都不可能听到的。

而他们的生命，也正像这洒迸在田野上的土块般，仅仅是微小的颗粒，仅仅是土地的肉身的一部分。

在那单一的、纯朴的敲土声里，祈求和怨诉，都听不出。那没有变化的沉重的声音，是跟土地一样顽强，一样固执的呵。是跟他们的家畜一样，善于忍受鞭挞，在施鞭者之前，永远木讷不语的……

“扑，扑，扑……”

秋天四处巡行着，农人们埋头向地，抡着杵槌，像在为大地修整仪容，不断地把砂粒和杂草抛开。像要和大地倾谈，那么急切地，弓身向着她。

待到薄霜盖满农人们用闷火烧黑的一座座小土墩时，那寂寞的敲土声早已不再为我们听见，他们的勤劳的身影，也将和与他们相依为命的田野暂时分别了。

他们已回到他们简陋的家屋，整理他们的农具。从他们堆满草垛的门口经过，我们所听见的，是凄厉的，磨着犁铧的声音，和敲着锄头的铿锵的急响了。他们在准备着把新的阳春迎接。

\松　村\

杨　牧

那村子是我们信约的村子，忘不了的村子——我们管它叫松村，将永远叫松村，在我们灵魂深处，在我们的血液里。你还记得那些树吗？在中秋节的前夕，那村子在月色里，沉郁得像个酒瓮。

那些树，生命的树，雨的树，爱的树。我们用两倍爱恋的视线占领了那些树，生命的树，雨和爱的树。你还记得天如何由暗转明吗？寒星淡下去了，巷子带着潮意。许多树，却不见一片落叶，那天清晨，你倚着我的右肩，你说，许多树，怎么不见一片落叶呢？叶子哪里去了？叶子哪里去了？你的泪像雨点，那巷子带着深深的潮意。

我把右手交给你，携你走过一段靠在墙头的木梯，渐渐地升高，直到我们的脸颊都碰到了松针，多么扎人的松针啊，你说。那松针就扎在你细白的脸颊上，你拭干眼泪，那村子犹在梦中，那不知名的村子，我们管它叫松村。

\ 足 \

——力的执着之一

丽　砂

蓝空的路是属于鸟的翅膀的。水流的路是属于鱼的鳍子的。

而土地的路啊，是属于我们人类的足的。

我们人类有千千万万双足，有千千万万条路。

几只足行走的地方是窄的路。许多只足行走的地方是宽的路。数都数不清只足行走的地方是广场。

但是，什么地方才是最大的广场呢？我听见到处都有着行走的足音。

在无边的旷野上，我目送着有说有笑的青年奔驰而过，一片急骤的足音投向了远方。在深邃的街道上，我目送着各色各样的人群奔驰而过，一片骚乱的足音投向了闹市。

为什么会有这样多的足呢？

是不是我们要知道土地的宽长，才用自己的足去度量？是不是我们要知道土地的厚薄，才用自己的足去探测？是不是我们好好生生地做一个土地的儿子，才用自己的足去清理、去计算祖兄们遗留下来的田产？

我们已经糊涂过好多年了。从今起，让我们逐渐地把生活的繁荣，文化的茂盛，开始用千千万万双足来写在土地的路上吧！

\生 命 树\

莫 洛

你曾发现这样的事情吗?

一棵树上，结着两种果子：一种是苦果；另一种是甜果。苦果和甜果，同时生长在一棵树上；掩护着这两种果子的是一样的绿叶，从根毛吸收上输的是同一的水和养分，支撑着它们的是同一的枝干，而且雨露，阳光，温柔的风，也没有一点不同；但长出的果子却有苦的和甜的。

也许你会说，同一的父母生养下来的儿女也有不同：有聪敏，有愚钝；有美丽，有狞丑；有善良，有刁奸……

但我并非想向你来说明和证明这些事情，我想向你说另外的事。

一日，我偶然在书本上访问了李广田先生，他以溪流似的轻轻静静的话语告诉我，说：

“我有着老年人的忧虑，而少年人的悲哀还跟随着我，虽然我一点也不知道：两颗不同滋味的果子为什么会同结在一棵中年的树上。”

这几句话，我非常的喜爱，而且感到非常的亲切；因此也就引起我的深思。我真想握住他的手说：“亲爱的李广田先生，你给了我思索的机会了。”于是我掩合了书——我暂时辞别了李广田先生。我回到思想的路上，作一次悄静的散步。

我想：一棵中年的树，两颗不同滋味的果子……

我想：这是一棵生命树，一棵开真实的花，结真实的果的生命树。

我又想：那些小资产阶级……

想得太多了，我便问自己道："什么是人性的单纯呢？"

于是我想这样说：一棵生命树，长一颗苦果，又长一颗甜果，这是无妨的；只不要长出有毒的恶果。

一棵生命树，长了苦果又长了甜果，这是一种生命的真实。因为这些不同的果子都是真正地属于一棵树的。

有一天，也许在生命树上，甜的果战胜了苦的果，——满树的果子都是甜蜜的，芬芳的，有好的光泽的……

一九四五年九月

\ 廊檐的灯 \

郭　风

从窄小的窗口望出去，我看见廊檐下面悬吊一盏灯。这公寓里是寂静的。

起初我还能听到一点声息，那是迟归的友人的声音。后来一切都归于寂静。只有夜更浓黑下去，深到不能探测的程度。

那盏灯，白天里我也能够见到它挂在那里，在甬道的廊檐下面。我还见到在它的系钩和梁木之间，挂着一张残破的蛛网。那蜘蛛不为人注意地补缀自己的家。

怎样地我想起了，有许多事情都为我所忽略，忽地我有那么一份心情，去注意一些细小的事情。

怎样地又使我想起来，在这个公寓里，白天里有许多喧闹，有许多凌乱。人们重重地踏响甬道上的地板，以致灰尘不断地飞扬起来，使照进这里的阳光也显得浑浊。大致我还记得，我曾和一位友人说过，这座房屋迟早会和那使人鄙夷的日子一同倾跌下去。

这公寓每到黄昏，便暗得可怕。这城市里电力严重不足，随时停电。我不记得在什么时候，在这互相漠不关心的时日里，有人在廊檐下面悬挂一盏灯。我不记得在什么时候，我开始注意一些细小的事情。

现在，那盏灯成为我所关心的一项事物。有时，我望着它，心中感到一阵温暖。

我曾见到一个很小的孩子，站在一只倾斜的木凳上，举起小手在那盏灯里添了油。他的举动使我欢喜极了。

便是这个小孩和檐下的那盏灯，竟会在我心中生出一种鼓舞的力量。在那座住着各样各色的人的公寓里，我虽然只住了很短的一段时日，以后便不得不搬开了；但是一有机会，我都记起那盏灯和那个小孩；并使我想到，当下，这个世界是可诅咒的，但我不相信，它是没有希望的。

一九四四

\ 瀑布与石头 \

许达然

在我有声有色的风景里，你是还未被别人发现的瀑布，清高洁白。就是因为那样清高才跌得这样惨，白白把自己交给山谷，咕噜咕噜积成青潭，嬉玩自己激起的泡沫。潭受不了，推开你，你沿路淙淙流荡，最后只好把自己交给海，变成浪。

一大早，从暗处倾泻下来的阳光就缠着你不放，还制造影子，让你跳入，你怎样奋力都摔不开。阳光甚至嫌四周不够辉煌，还着色，更不合你透明的性格了。本以为入夜就可免除这些干扰，偏偏月有时幽柔，下来照亮你的山歌。

你的山歌总是奔放，然而即使在晚上都唱不出什么名堂。虽激昂如进行曲，也不过使附近无法行军的树，边听边摇边叹而已。既然活在你洪亮的声音里，那些树只好日夜摇叹了。

鸟曾来过。不能啄你的清高，也不能栖息在你的清白上，怎样重奏合唱都比不过你，你又吵得潭里无鱼。鸟不愿在长年不安定的树上造巢，飞走了。

风总是来。不能在总是冲动的你上面雕刻什么，又抱不走你。它一用力，你就知它挣扎不清。它若发怒挟雨而来，你淋久后也激动，竟不管下面已泛滥，还往下冲，你觉得很不英雄。

因为是水，跌不死，所以才总是那么壮烈。其实你并没有自己。

也不知是谁，水总在推，只好向前，向前，不能再向前时，只好嚷着向下跳。总是向下跳，无时间思考，你觉得没什么赞美的。

不能赞美的也只是愤怒却不知在咆哮什么，整天就落进自己的呐喊，自听自赏自鼓掌。虽然你的激情感动不了山的淡漠，你仍坚持力的表现，只是没被发现就不能发电，你觉得寂寞。

在你无言的素描里，你拒绝是与世隔绝的瀑布。你宁可是无桥的溪中一块石，硬不怕汹涌。不大，但从水面凸出给脚踏过。不稀罕什么雄伟，什么壮丽，也不计较是否被发现了。

\ 礁 \

雷抒雁

你过来吧！你过来吧！

浪啊！

拍打我，抓挠我，用你白色的利刃刻镂我，用你的盐、你的酸来溶化我！

我挺立着。支持我的，是我的爱。我寸步不移，直至一点点地变矮了，消失了，溶进你的肌体。其余的，就变成细细的沙粒，变成小小的卵石，铺展在你的身下，变作你软软的床。

这不是命运么？

本来我可以站得远远的，望着你的舞蹈，听着你的歌，看鸥鸟在你的头顶调情般地盘桓，可是我却站得这样近，在你伸手可及的身边！

就这样，我属于你，难道这不是命运么？

你过来吧！你过来吧！

你强大的，沉重的爱属于我。我以我的坚强承受你的爱。

拉着我的手，拍着我的肩，拥抱我，或者整个地吞没我，溶化我！

我的爱，是执拗的牺牲，是黑色的爱！

海啊，海啊！蓝色的海！

\ 一个青年朝觐鹰巢 \

昌　耀

对于大山倨傲的隐者、铁石心肠的修士、高天的王……我是一个不速之客。

当我于山光岚气中遥见洁白的一群种属在云与山石之间徜徉放步，初瞥之下，我误作牧人草原逃亡的羊只。

这是休闲踱步的鹰群：一派贤人、士子、学问家的清修儒雅。

然而高天的王者，这却属于浑身透射着金属和辛辣腋嗅的雄性词语。这意味着居高临下展开的甲胄、折落的箭镞或羽毛之横张。而在这里，流寓人间的我，所见仅是匿处僻壤的野性联合体——山野自由公社的自由子民。我心怀向往。

我向山阿攀缘着。对于我的出现它们初始佯装不知，既而，我从它们蠢蠢而动向着悬崖一侧开始的集结，感受到了一种根深蒂固的对于世人的鄙弃与拒斥。但我自许是一名种属的超越者——且将证明我是种属的超越者。我已预期它们对我的接纳了，而以清越的啸叫频频遥致去我的倾慕。我其所以选用这种原始方式是深感于人类软语的缺铁症岂止于表意的乏力与无效，更有着病入膏肓了的拯救的无望。

我艰难地攀缘着并密切注视前方的动向，一种不安的预感随着时间的推移而递增。终于那一直保持沉默的王者将我的激情与决心视作一种不可耐受、不可容忍的骚扰了，掉转身去，倦怠地拖曳起一双冗赘的羽翼，疾走数步，在临渊踏空的一瞬，打了一个趔趄似的，见它张扬的双翅已然向着穹苍雄俊骞翥。我长叹一声——是作为弃儿的一种苦闷了：拒绝即意味遗弃。自由公社的子民于是随其一一腾空，且罩着我头顶盘桓巡视，如同漂流空际载浮载沉的环形岛礁。

不可与群、不可与共、不可与沟通的永恒遗憾：君自此远矣。

当我坚持着走完了这段险径的最后一程，嗒然若丧站立云间基地，注意到巨岩上流年岁久积存的鹰的排泄物粘连脓血毛羽，五彩斑斓杂陈，又意外地体验了一种豪举暴施下次生的永劫的苍凉，我只余茫然的认同感，而茫然提起手杖作了一个上挺的姿势。钻石般的鹰眼一齐向我投射光芒。搏击的气流以刀削般的凌厉在我耳边折转。我自知有所未能、有所未及、有所未忍。默望着自由而豪强的它们远去。三十年了。饶舌是一件可厌的事。但事实本身悲怆的含蕴却有着噤口不言者的面色煞白——惨白。

1995.10.7

\十二月\

［法］克洛岱尔

你的手扫过这片地方和这多叶的山谷，达到了你眼光所及的绛红棕褐的田野，于是便抚着它们，在这幅富丽的锦缎上留连。一切都是宁静的，一切都被笼罩着；没有一点刺目的青翠，没有任何新的年轻的东西打破这整个结构，打破这曲音调浑厚而深沉的歌。一片暗沉沉的乌云遮没了整个天，而天呢，又将水汽充塞于不规则的山凹，使人觉得它似乎是榫接在地平线上了。用手掌抚摸这宏伟的装饰吧——这是绺绺黑松在原野的紫花上织出的花纹；用你的手指核实这沉浸在纬纱里和冬日之雾里的每个细节吧，核实这每一行树，每一个村庄。时间真的静止了；好像一座空荡荡的剧院充满着忧伤，这闭了幕的景色仿佛在凝神倾听一种微弱得我听不见的声音。

十二月的下午是温柔的啊。

这里还没有任何东西吐露出痛苦的未来。而过去呢，已丝毫不能苟延残喘，也不能容忍任何东西活得比它更长。

在如此繁茂的青草和如此丰盛的收成之后，什么也没有剩下，只除了撒落的稻草和枯萎的草丛；一片冷水羞辱着犁翻了的田地。一切已告结束。在一年和另一年之间，这是一个暂歇，一个悬念。从劳作中得到解放的思想在默默的欢悦之中凝神静思，思考着新的事业，——像土地一样享受着自己的安息日。

\散步者\

［法］克洛岱尔

这小鸟的歌唱我听来多么清晰和欢乐！那边乌鸦的叫声我听来多么悦耳！每棵树个性鲜明，每只小动物扮演自己的角色，每种声音在这交响乐中有它的位置，就像人们说他们懂音乐，我懂得大自然，我把它当作一个仅仅由专有名词构成的详尽的故事。随着漫步，随着时光的流逝，我在教义的发展中前进。从前，我高兴地发现世间事物存在于某种和谐之中；而现在这种使黑色的松树和淡绿的槭树相映成趣的隐秘关系是我的目光独自发现的；我探索恢复事物本来的面目，我称此为修正。我是创造的督察，我是现存事物的检验者；这世界的坚固是我极乐的源泉！平时，我们只看见事物的用途，而忘记事物赖以存在的纯洁的本质；可是，在南方，在长时间的工作之余，穿过树丛和荆棘，我走进林间的空地，用手抚摸一块滚烫的巨石。我的发现可以和亚历山大进入耶路撒冷相比拟。

我走着，走着，走着！每个人身上都包含指导他行动的独立的原则，而依靠这种行动，人们朝他的食粮和工作走去。对于我，我双脚均衡的运动帮助我度量最轻微的召唤的力量。在我灵魂的静默中，我感到一切事物的魅力。

我懂得世界的和谐：什么时候我将掌握他的旋律？

\夜　莺\

［西班牙］麦斯特勒思

一

当年青的夜莺们学会了“爱之歌”，他们就四散地在杨柳枝间飞来飞去，大家都对自己的爱人唱着——在认识之前就恋爱了的爱人。

大家都唱给自己的爱人听，除了一只夜莺，他抬起了头，凝望着天空，并不歌唱地过了一整夜。

“他还不曾懂得那‘爱之歌’哩!”——其余的夜莺们互相说着。——他们就用了轻快的声音欢乐地杂乱地唱着讽刺的歌。

二

他其实是知道那“爱之歌”的，然而，唉，这不幸的夜莺却在上面，在群星运行着的青青的天空看见了一颗星，她眨着眼睛望着他。

她望着他，慢慢地、慢慢地向下沉着，在黎明之前不见了；这不幸的夜莺望着她，目不转睛地望着——当那颗星下去了之后，他仍是出神地、悲哀地等到夜间。

黑夜来了，这夜莺就歌唱着，用了低低的声音——极低的——向着那颗星；歌声一天一天地响了起来，到盛夏的时候，他已经用响响的声音歌唱着了，很响的——他整夜地唱着，并不望一望旁边。而天上呢，那颗星眨着眼，永远地望着他，似乎是很快乐地听着他。

等到这爱情的季节一过去，夜莺们都静下了，离开了杨柳树，今天这一只，明天别的一只。这不幸的夜莺却永远地停在最高的枝头，向着那颗星歌唱。

三

许多的夏季过去了，新爱情赶走了旧爱情，而那“爱之歌”却永远是新鲜的，每一只夜莺都向着自己的新爱人歌唱……但是这不幸的夜莺还是向那颗星唱着。

在夜里，并不注意的，在他的周围，已经有比他更年青的声音歌唱着了。在夜里，简直并不想到他的兄弟们是全都死掉了；这向天上望着的、向那颗星歌唱着的夜莺，从最高的枝头跌下来死了。

那时候，那些年青的夜莺们——每夜每夜向着他们的新爱人唱着歌的那些——不再歌唱了，他们用了杨柳叶掩盖了他，说他是一切夜莺中最伟大的诗人。可是他们却永不曾知道，他正是在杨柳树间的一切夜莺中受了最多的苦难的。

\湖·树·山\

［瑞士］黑　塞

从前有一个湖。蓝湖上，蓝天上，高耸着一场春梦，绿的颜色，黄的颜色。那边，天空静静地在拱形的山上休憩。

一个流浪者，坐在树下。黄色的花瓣落在他的肩上。他疲倦，闭上了眼睛。梦从黄色的树上落到他身上。

流浪者变小了，变成了一个小男孩，在屋后的花园里，听着他的母亲歌唱。他看到一只蝴蝶在飞，黄色的，可爱的，蓝天里欢乐的黄色。他去追蝴蝶。他跑过草场，他跳过小溪，他奔到湖畔。蝴蝶飞越浅色的湖水，男孩也飞着去追，光闪闪，轻飘飘，幸福地飞过蓝色空间。阳光照射着他的翅膀。他飞着追逐黄蝴蝶，飞过了湖，飞越了高山。那儿有一片云，上面站着上帝，正在唱歌。上帝周围是天使，天使中的一个，模样像男孩的母亲，站在郁金香花圃旁，斜提着一把绿色洒水壶，给花儿饮水。男孩向天使飞去，自己也成了天使，拥抱他的母亲。

流浪者揉了揉眼睛，又重新闭上。他摘了一朵红色郁金香，插在他母亲的胸前。他又摘了一朵郁金香，插在她的头发上。天使和蝴蝶在飞，世界上所有的鸟和动物和鱼都在这儿，叫到谁的名字，谁就过来，飞到男孩的手里，并属于他，听凭他抚摩，听凭他询问，听凭他送给别人。

流浪者醒来，回想那天使。他听到叶片缓缓地由树上飘落，听到村里有细微的、无声的生命在金色的流体里上下漂浮。山向他这边望过来，山那边，倚着身穿褐色大衣的上帝在唱歌。可以听到他的歌声越过透明的湖面传来。这是一首朴素的歌，它同树里力量的轻微流动声，同心中血液的轻微流动声，同由梦里经过他的全身又返回的金色流体的轻微流动声交融在一起，发出和音。

这时，他自己也开始缓慢地，舒展地歌唱，他的歌谈不上是艺术，它像空气和波浪，它只是一种轻吟，只是像蜜蜂般嗡嗡。这首歌回答了远处唱歌的上帝，树里歌声的流体，以及血液里流淌的歌声。

流浪者久久地这样喃喃歌唱，像一朵钟形花在春风里自鸣，像一个稻草人在草丛中奏乐。他唱了一个小时，或许唱了一年。他唱得像孩子又像上帝，他歌唱蝴蝶，歌唱母亲，他歌唱郁金香，歌唱湖水，他歌唱他的血液和树里的血液。

他继续上路，更深入这温暖之乡，这时，他渐渐地想起了自己的道路，自己的目的，自己的名字。今天是星期二，那边，去米兰的列车在奔驰。他听到惟独在非常遥远的地方，还有歌声越过湖面传来。那儿，站着穿褐色大衣的上帝，他还一直在唱，但是，流浪者越来越听不见这歌声了。

\红 房 子\

［瑞士］黑　塞

红房子，从你的小花园和葡萄园里，向我送来了整个阿尔卑斯山南面的芬芳！我多次从你身旁经过，头一回经过时，我的流浪的乐趣就震颤地想起它的对称极，我又一次奏起往昔经常弹奏的旋律：有一个家，绿色花园里的一幢小屋，周围一片寂静，远离村落。在小房间里，朝东放着我的床，我自己的床；在小房间里，朝南摆着我的桌子，那里我也会挂上那幅小小的古老的圣母像，那是我在早年的一次旅途中，在布雷西亚买到的。

正如白昼是在清晨和夜晚之间，我的人生也是在旅行的欲望和安家的愿望之间渐渐消逝的。也许有朝一日我会达到这样的境地，旅途和远方在心灵中属我所有，我心灵中有它们的图像，不必再把它们变为现实。也许有朝一日我不会到达这样的境地，我心灵中有家乡，那就不会再向花园和红房子以目送情了。——心灵中有家乡！

如果有一个中心，所有的力从这个中心出发向两端摆动，那时，生活会是多么不同啊！

但是，我的生活没有这样的一个中心，而是震颤地在许多组正极和负极之间摇摆。这边是眷念在家安居，那边是思念永在途中。这边是渴望孤独和修道院，那边是思慕爱和团体！我收集过书籍和图画，但又把它们送掉。我曾摆过阔，染上过恶习，也曾转而去禁欲与苦行。我曾经虔诚地把生命当作根本来崇敬，后来却又只能把生命看作是功能并加以爱护。

但是，把我变成另一个模样，这不是我的事情。这是神迹的事情。谁要寻找神迹，谁要把它引来，谁要帮助它，它就逃避谁。我的事情是，飘浮在许多紧张对立的矛盾之间，并且作了精神准备，如果奇迹猝然降临到我头上的话。我的事情是，不满并忍受着动荡不安。

绿色中的红房子！我对你已经有过体验，我可不想再次体验了。我曾经有过家乡，建造过一幢房屋，丈量过墙壁和屋顶，筑过花园里的小径，也曾把自己的画挂在自己的墙上。每个人都有这样的欲望——我也想按照这种欲望来生活！我的许多愿望已经在生活中实现了。我想成为诗人，也真成了诗人。我想有一所房屋，也真为自己建造了一所。我想有妻室和孩子，后来也都有了。我要同人们谈话并影响他们，我也做了。可是每当一个愿望实现以后，很快就变成了餍足。但餍足是我所不能忍受的。我于是怀疑起写诗来了。我觉得房屋变狭窄了。已经达到的目的，都谈不上是目的，每条路都是一条弯路，每次休憩都产生新的渴望。

我还会走许多弯路，还将实现许多愿望，但到头来仍将使我失望。总有一天一切都将显示它的意义。

那儿，矛盾消失的地方，是涅槃境界。可是，可爱的眷念的群星还向我放射出明亮的光。

\在云影下\

［苏联］库兰诺夫

在晴朗的日子，只要你凝神望着天空，就会看到你所想见的一切。即使薄云轻卷也无妨。那时，阳光不刺眼，风儿也清凉，而你却仿佛置身在很早以前到过的遥远的地方。风儿吹动着白杨树叶，流散出轻轻的琮琤声，仿佛是远处无数滚动着的花岗石碎块相互碰击的声音。

云影消逝了。可是白杨却还使空气中充塞着花岗石碎块碰击着的琮琤声，火红的圆圆的树叶在随风飘落着。

在这里，我想起了遥远的地方。在天山的群峰之间，或是在堪察加的淡青色的峡谷中，我将会记起这些山冈，这些金色的小树林。我们就是这样在心中重温着自己走过的祖国无边辽阔的大地的。

祖国就这样愈来愈深广、愈丰富，就这样备加幸福、备加爱惜地珍藏在人们的心中。

前尘
往事

\ 扇上的烟云（代序） \

何其芳

设若少女妆台间没有镜子，
成天凝望悬在壁上的宫扇，
扇上的楼阁如水中倒影，
染着剩粉残泪如烟云……

“你说我们的听觉视觉都有很可怜的限制吗？”

“是的。一夏天，我和一患色盲的人散步在农场上，顺手掐一朵红色的花给他，他说是蓝的。”

“那么你替他悲哀？”

“我倒是替我自己。”

“那么你相信着一些神秘的东西了。”

“我倒是喜欢想象着一些辽远的东西。一些不存在的人物，和许多在人类的地图上找不出名字的国土。我说不清有多少日夜，像故事里所说的一样，对着壁上的画出神，遂走入画里去了。但我的墙壁是白色的。不过那金色的门，那不知是乐园还是地狱的门，确曾为我开启过而已。”

“那么你对于人生？”

“对于人生我动心的不过是它的表现。唉，自从我乘桴浮于海，一片风涛把我送到这荒岛上，我是很久很久没有和人攀谈了。今天我却有一点说话的兴致。”

“那么你就说吧。”

“我说，我说我这些日子来喜欢一半句古人之言：于我如浮云。我喜欢它是我一句文章的好注脚。不知何时起世上的事都使我厌倦。那时我刚倾听了一位丹麦王子的独语：一个真疯，一个佯狂，古今来如此冷落的宇宙都显得十分热闹，一滴之饮遂使我大有醉意，不禁出语惊人了。但我现在要称赞的是这个比喻的纯粹的表现，与它的含义无关。有时我真慨叹着取譬之难。以此长久不能忘记一位匈牙利作者，他的一篇文章里有了两个优美的比喻：在黄昏里，在酒店的窗子下，他说，许多劳苦人低垂着头像一些折了帆折了桅杆的船停泊在静寂的港口；后来他描写一位少女，就只轻轻一句，说她的眼睛亮着像金锁匙。”

“是说它们可以开启乐园或者地狱的门吗？”

“而我有一次低垂着头在车窗边，在黄昏里，随手翻完了一册忧郁的传记，于是我抬起头望着天边的白烟，又思索着那写过一个故事叫作《烟》的人的一生。暮色与暮年，我到哪儿去？旅途的尽头等着我的是什么？我在车厢内各种不同的乘客的脸上得着一个回答了：那些刻满了厌倦与不幸的皱纹的脸，谁要静静的多望一会儿都将哭了起来或者发狂的。但是，在那边，有一幅美丽的少女的侧面剪影。暮色作了柔和的背景了，于是我对自己说，假若没有美丽的少女，世界上是多么寂寞呵。因为从她们，我们有时可以窥见那未被诅咒之前的夏娃的面目。于是我望着天边的云彩，正如那个自言见过天使和精灵的十八世纪的神秘歌人所说，在刹那间捉住了永恒。”

“你那时到哪儿去？你这些话又胡为而来？我一点也不能追踪你思想的道路。”

“于是我很珍惜着我的梦。并且想把它们细细的描画出来。”

“是一些什么梦?”

“首先我想描画在一个圆窗上。每当清晨良夜，我常打那下面经过，虽没有窥见人影，却听见过白色的花一样的叹息从那里面飘坠下来。但正在我踌躇之间那个窗子消隐了。我再寻不着了。后来大概是一支梦中彩笔，写出一行字给我看：分明一夜文君梦，只有青团扇子知。醒来不胜悲哀，仿佛真有过一段什么故事似的，我从此喜欢在荒凉的地方徘徊了。一夏天，当柔和的夜在街上移动时我走入了一座墓园，猛抬头，原来是一个明月夜，齐谐志怪之书里最常出现的境界。我坐在白石上。我的影子像一个黑色的猫。我忍不住伸手去摸它一摸；唉，我还以为是一个苦吟的女鬼遗下的一圈腰带呢，谁知拾起来乃是一把团扇。于是我带回去珍藏着，当我有工作的兴致时就取出来描画，我的梦在那上面。”

“现在那扇子呢?”

“当我厌倦了我的乡土到这海上来遨游时，哪还记得把它带在我的身边呢?”

“那么一定遗留在你所从来的那个国土里了。”

“也不一定。”

“那么我将尽我一生之力，飘流到许多大陆上去找它。”

“只怕你找着时那扇上的影子早已十分朦胧了。”

一九三六

\ 往事（选二） \

冰　心

一

将我短小的生命的树，一节一节的斩断了，圆片般堆在童年的草地上。我要一片一片的拾起来看：含泪的看，微笑的看，口里吹着短歌的看。

难为他装点得一节一节，这般丰满而清丽！

我有一个朋友，常常说："来生！来生！"——但我却如此说："假如生命是乏味的，我怕来生。假如生命是有趣的，今生已是满足的了！"

第一个厚的圆片是大海；海的西边，山的东边，我的生命树在那里萌芽生长，吸收着山风海涛。每一根小草，每一粒沙砾，都是我最初的恋慕，最初拥护我的安琪儿。

这圆片重叠着无数快乐的图画，憨嬉的图画，愚拙的图画，和泛泛无着的图画。

放下罢，不堪回忆！

第二个厚的圆片是绿荫；这一片里许多生命表现的幽花，都是这绿荫烘托出来的。有浓红的，有淡白的，有不可名色的……

晚晴的绿荫，朝雾的绿荫，繁星下指点着的绿荫，月夜花棚秋千架下的绿荫！

感谢这曲曲屏山！他圈住了我许多思想。

第三个厚的圆片，不是大海，不是绿荫，是什么？我不知道！

假如生命是无味的，我不要来生。假如生命是有趣的，今生已是满足的了。

二

今夜林中月下的青山，无可比拟！仿佛万一，只能说是似娟娟的静女，虽是照人的明艳，却不飞扬妖冶；是低眉垂袖，璎珞矜严。

流动的光辉之中，一切都失了正色：松林是一片浓黑的，天空是莹白的，无边的雪地，竟是浅蓝色的了。这三色衬成的宇宙，充满了凝静，超逸与庄严；中间流溢着满空幽哀的神意，一切言词文字都丧失了，几乎不容凝视，不容把握！

今夜的林中，决不宜于将军夜猎——那从骑杂沓，传叫风生，会踏毁了这平整匀纤的雪地；朵朵的火燎，和生寒的铁甲，会缭乱了静冷的月光。

今夜的林中，也不宜于燃枝野餐——火光中的喧哗欢笑，杯盘狼藉，会惊起树上隐栖的禽鸟；踏月归去，数里相和的歌声，会叫破了这如怨如慕的诗的世界。

今夜的林中，也不宜于爱友话别，叮咛细语——凄意已足，语音已微；而抑郁缠绵，作茧自缚的情绪，总是太“人间的”了，对不上这晶莹的雪月，空阔的山林。

今夜的林中，也不宜于高士徘徊，美人掩映——纵使林中月下，有佳句可寻，有佳音可赏，而一片光雾凄迷之中，只容意念回旋，不容人物点缀。

我倚枕百般回肠凝想，忽然一念回转，黯然神伤……

今夜的青山只宜于这些女孩子，这些病中倚枕看月的女孩子！

假如我能飞身月中下视：依山上下曲折的长廊，雪色侵围阑外，月光浸着雪净的衾绸，逼着玲珑的眉宇。这一带长廊之中：万籁俱绝，万缘俱断，有如水的客愁，有如丝的乡梦，有幽感，有澈悟，有祈祷，有忏悔，有万千种话……

山中的千百日，山光松影重迭到千百回，世事从头减去，感悟逐渐侵来，已滤就了水晶般清澈的襟怀。这时纵是顽石钝根，也要思量万事，何况这些思深善怀的女子？

往者如观流水——月下的乡魂旅思：或在罗马故宫，颓垣废柱之旁；或在万里长城，缺堞断阶之上；或在约旦河边，或在麦加城里；或超渡莱因河，或飞越落矶山；有多少魂销目断，是耶非耶？只她知道！

来者如仰高山，——久久的徘徊在困弱道途之上，也许明日，也许今年，就揭卸病的细网，轻轻的试叩死的铁门！

天国泥犁，任她幻拟：是泛入七宝莲池？是参谒白玉帝座？是欢悦？是惊怯？有天上的重逢，有人间的留恋，有未成而可成的事功，有将实而仍虚的愿望；岂但为我？牵及众生，大哉生命！

这一切，融合着无限之生一刹那顷，此时此地的，宇宙中流动的光辉，是幽忧，是彻悟，都已宛宛氤氲，超凡入圣——

万能的上帝，我诚何福？我又何辜？……

一九二四，二，三十夜，沙穰

\忆　念\

方　敬

当我熟习于异地的荒凉时，才觉得自己在一个狭小的圈子里徘徊很久了。但是，辽远的乡土呵，在我瞬息的瞑目间，你是有着一个亲切的姿态的。

是的，我忆念着家乡的篷船和杵声。

春阳把一个青草池塘照耀舒暖了。一个闲步者会感满足于一塘杵声，绿色的漪涟招引着他的影子。年青的浣衣女，你在替谁家洗着春衫呢？你感快意于春水的轻柔吗？她们的酡颜灿映于阳光中。这时，你就坐在一个草丘上，对着你曾抛过钓丝的池塘想想吧。

登上露台，我就有着眺望的舒适。一只小篷船，带着薄霜，徐行着，在一道白水上，在深秋的黄昏里，它的主人抛下了最后一次圆网，塞江上暮霭蔓延，又添衬一种朦胧的画意，当小篷船驶进港湾时，那边已尽是渔家烟火了。

还有涉江的水鸟和一片片的帆影也常出没在我记忆里。但是，当我从一个幻梦中醒来时，又落到自己狭小的圈子里，颇感到声音上和景色上的荒凉。是呵，我将托一个南归的候鸟，带回我对于它们的忆念。

一九三五，三，廿四

\城　垣\

方　敬

这已衰老的城垣寂寂地被遗留在这里。依我想，它本身是一巨册神秘的史籍，即如时间将噬尽了人们可怜的记忆，过去的史实仍然会隐匿在这坚固难朽的书帙里——光荣，耻辱，悲哀和快乐的总汇。由于它缄默不宣的奥义之难于会心，乃渐渐地变成记忆圈外寂寂的疣物了。

在城垣上绕行一圈之后，心情偕足步同时止息。暮色溟溟中，传来远寺的寒钟，长昼仙逝的报丧。飘飘的稀少的枯草，也有因怀古引起的寒颤么？无数年代的风雨的侵蚀，这衰老的城垣似有意义地忍受着。还有许多刺心的伤痕，是磨灭了无数英雄与暴力的征记，它胜利的勋章。我茫然下望，凄凉的心随着沉坠。我不知那环绕着它的的寒溪会流经若干苦闷的岁月，那一圈曲流着的清苦的泪?

这回信我不是凄怆的吊古者，翻做了这衰老的城垣上的一个寂寂的疣物，我的影子悄然由城垣上移下，正如历史的隙缝中漏落出的一个寂寞人。

一九三四，九

\ 盐 \

痖　弦

二嬷嬷压根儿也没见过退斯妥也夫斯基。春天她只叫着一句话：盐呀，盐呀，给我一把盐呀！天使们就在榆树上歌唱。那些豌豆差不多完全没有开花。

盐务大臣的骆队在七百里以外的海湄走着。二嬷嬷的盲瞳里一束藻草也没有过。她只叫着一句话：盐呀，盐呀，给我一把盐呀！天使们嬉笑着把雪摇给她。

一九一一年党人们到了武昌。而二嬷嬷却从吊在榆树上的裹脚带上，走进了野狗的呼吸中，秃鹫的翅膀里；且很多声音伤逝在风中，盐呀，盐呀，给我一把盐呀！那年豌豆差不多完全开了白花。退斯妥也夫斯基压根儿也没见过二嬷嬷。

\忆\

[法] 罗曼·罗兰

岁月悠悠，人生长河中开始浮起回忆的岛屿。最初是一些隐隐约约的小岛，那是露出于水面之上的几块零星的岩石。接着，又有新的岛屿开始在阳光下闪耀。茫茫时日，在伟大而单调的摆动中沉浮回转，令人难以辨认，但渐渐地终于显出一连串时而喜悦时而忧伤的首尾相衔的岁月，即便有时中断，但无数往事却仍能越过它们而连接在一起。

甜蜜的回忆，亲切的容貌，宛如谐音悠悠的旋律，不时萦回在你的心头，而在那往昔的经历中，纵有名邑大川、梦中风光，纵有恋人倩影，却怎么也比不上童年漫步时留在幼小的心灵上那深深的记忆，也比不上把小嘴贴在冰冷的窗上透过嘘满水汽的玻璃所看到的一角庭院那样叫人难忘。

\ 湖畔相遇 \

［法］普鲁斯特

昨天，去林园赴晚宴之前，我收到她的一封信，那是对八天前那封绝望的信十分冷漠的答复，信中说，她恐怕在动身之前无法跟我道别。我也十分冷漠地答复了她。是啊，事情最好就这样了结，但愿她夏季愉快。接着我换好衣服，乘坐敞篷车穿越林园。我伤心欲绝却又心平气和。我下决心忘记这一切，我打定主意：那只是一个时间问题。

汽车沿着湖边林荫道行驶，在距离林荫道五十米远、环绕湖边的一条小径尽头，我发现一位踽踽独行的女人。一开始我没有认出她。她朝我微微招手致意，我终于认出了她，尽管我们之间隔着一段距离。正是她！我久久地向她致意。她继续注视着我，大概是要我停车，带她同行。我对此毫无反应，可是我立即感到一种几乎来自外界的激情涌上我的心头，紧紧扣住我的心弦。“我曾经对此颇费猜测，”我思忖，“她始终无动于衷，其中必有一条我不明白的原因。我亲爱的心上人，她爱我。”一种无边无尽的幸福，一种不可抗拒的确信朝我袭来，我无法克制自己，忍不住抽抽噎噎地哭泣起来。车子驶近阿尔姆农维尔城堡，我擦了擦自己的眼睛，眼前出现了她那温情脉脉、仿佛要擦拭我的眼泪的招手；她那温情脉脉的注视，仿佛是征询我让她上车的目光。

我容光焕发地来到晚宴现场。我的幸福向每个人投射出欢悦、感激和友好的殷殷之情。没有人知道他们不熟悉的一只小手曾经向我挥动致意，这种感觉在我身上燃起欢乐的熊熊之火。每个人都能看到这种火光，它为我的幸福增添了神秘的快感。人们只等德·T夫人大驾光临，她马上就到。她是我所认识的人中最没意思、最讨厌的家伙，尽管她还有几分姿色。然而我却庆幸自己能够原谅任何人的缺陷和丑陋，我带着诚挚的微笑朝她走去。

“您刚才可不大客气哟。”她说。

“刚才！”我惊讶万分，“可我刚才没有看到过您哪。”

“怎么！您没有认出我？您确实离我很远；我沿着湖边行走，您却骄傲地坐在车上。我向您招手问好，我真想搭您的车以免迟到。”

“什么，是您！”我叫嚷道，十分扫兴地重复了好几遍，“噢！我请求您原谅，真对不起！”

“她好像不快活！您好，夏洛特！”城堡女主人说。“不过您尽管放心，您现在不是跟她在一起了吗！”

我哑口无言，我的一切幸福就此破灭。

而且，最可怕的是，事情恰恰如此。不爱我的这个女人一往情深的形象在很长一段时间内改变了我对她的看法，尽管我已经承认了自己的错误。我试图跟她言归于好。我没有很快忘记她，在我痛苦的时候，为了自我安慰，我经常竭力使自己相信那是她的手，正如我一开始感觉的那样。我闭上眼睛，为的是再次看见她向我致意的小手，这双手如此惬意地擦拭我的眼睛，让我的额头清新凉爽。她在湖边温情脉脉地伸向我的那双戴着手套的小手犹如平安、爱情以及和解的小小象征，而她那征询般的伤心目光却似乎在请求我带她同行。

\名　字\

［智利］聂鲁达

我把他们的名字写在屋梁上，不是因为他们伟大，而是把他们当作同志。

罗哈斯·希门尼斯，流浪者，夜莺，因为告别而吃惊，由于欢乐而死亡，鸽子的喂养者，由于阴影而疯狂。

华金·西富恩特斯，他那些三行押韵的诗节，就像河水里的石头一样滚动。

费德里科，他使我不像任何其他人一样哈哈大笑，他使我们大家为了一个世纪而悲伤。

保尔·艾吕雅，他那双勿忘我花的眼睛，一如以往那样蔚蓝，它们在地下保存着自己天蓝色的力量。

米格尔·埃尔南德斯，他像一只夜莺从王妃大街的树林里向我吹着口哨，直到驻防的军队逮捕了我的夜莺。

拿瑞姆，豪爽的歌手，勇敢的彬彬有礼之人，同志。

为什么他们这么快就走了呢？他们的名字不会从椽子上轻轻飘落。他们每个人都是一个胜利。他们在一起就是我的全部光明。现在，是一本充满我悲伤的小小的选集。

\ 爱情的生命 \

［黎巴嫩］纪伯伦

春

来呀，亲爱的！让我们到荒野去！冰雪已经消融，生命从梦乡苏醒，春在河谷、山坡蹒跚，摇曳。走呀！让我们去追寻春天在辽阔的田野上留下的踪迹；上呀！让我们登上高山，放眼眺望四周那如海似涛的翠微。

啊！冬之夜叠好、收起的衣裳，如今春之晨又将它铺展开来。于是桃树、苹果树打扮得如同“盖得尔夜”的新娘；葡萄树醒来呀，枝藤扭结好似情人紧紧拥抱在一起；溪流在岩石间边跳着舞，边哼着欢乐的歌，潺潺流去；百花从大自然的心中绽开，如同从大海中涌出浪花朵朵。

来！让我们从水仙花的酒杯中喝干残存的雨的泪水。让我们倾听小鸟的欢歌，心旷神怡；让我们呼吸那春风的芳菲，如醉如痴。

让我们坐在那藏匿着紫罗兰的岩石下，相互在爱恋中亲吻。

夏

快，亲爱的！让我们到田野去！收获的季节到了！大自然在太阳的仁爱的光芒普照下，庄稼已经成熟了。快来呀！莫让鸟儿和蚂蚁趁我们疲劳的时机赶在了前头，把我们地里的粮食全搬走。快来呀！让我们采撷大地上的果实，如同精神采撷爱情在我们心中播下的忠诚的种子所结出的幸福之果；让我们用田里的产品装满库房，如同生活充实了我们感情的谷仓。

来呀，我的情侣！让我们盖着蓝天，铺着草地，头枕一捆松软的干草，在一天劳累之后，躺下来休息，听着月下谷地的小溪在潺潺细语。

秋

亲爱的，让我们到葡萄园去！把葡萄榨成汁，装进酒池里，好似把世世代代的智慧和哲理收藏在心窝里。让我们采集干果，提取花的香液，即使花果消亡，亦可芳泽人世……

让我们回到自己的住处；因为树叶已经变黄，风卷枯叶飘落四方，好像要用它们为凋零的百花盖上尸衣，那些花是在送别夏天时，悲伤得郁郁而死。走吧！群鸟已向海岸飞去，它们带走了园林中的生气，只给素馨和野菊留下一片孤寂，于是它们把未尽的泪水洒落在地。

我们回去吧！小溪已不再歌唱，泉眼已流干了它欢乐的泪，山丘也脱下了它的艳服盛装。走吧，我亲爱的！大自然已经睡眼瞟跳，唱了一首悲壮、动人的歌曲，为清醒送行！

冬

靠近我，我终身的伴侣！莫让冰雪的气息隔开我们的身体。请坐在我身边，在火炉前！火是寒冬美味的水果。同我谈谈子孙后代的前景！因为我的两耳已经听腻了风的叹息和种种悲鸣。把门窗全都关紧！因为见到天气的怒容，会让我伤感、悲痛，看到城市像失去儿子的母亲坐在冰天雪地中，会令我愁肠百结，忧心忡忡。老伴儿，给灯添些油吧！它几乎要熄灭了。把灯移到你跟前！让我看看漫漫长夜在你脸上刻画下的阴影。拿酒来，让我们边斟边饮边回忆那逝去的青春。

靠近我，靠近我些，亲爱的！火已经熄了，灰烬几乎把它盖了起来。拥抱我吧！灯已经灭了，周围是一片漆黑。啊！陈年老酒使我们眼皮沉重。再瞧瞧我！用你那履眈的睡眼。搂着我！趁着睡魔还未将我搂紧之前。吻吻我吧！冰雪已经战胜了一切，惟有你的吻还是那样温暖、热烈……啊，亲爱的！安眠的海是多么深沉！啊，明晨又是多么遥远……在这世界上！

\园 丁 集\

[印度] 泰戈尔

一

"啊，诗人，黄昏渐近；你的头发在花白了。

"在你孤寂的冥想中，你可听到来世的消息?"

"是黄昏了，"诗人说，"而我正在谛听，也许村子里有人呼唤，虽然天色已经晚了。

"我留神年轻而失散的心是否已经相聚，两对渴慕的眼睛是否在祈求音乐来打破他们的沉默，替他们诉说衷情。

"如果我坐在人生的海岸上，竟冥想死亡与来世，那么，有谁来编制他们的热情的歌呢?

"早升的黄昏星消失了。

"火葬堆的火光在寂静的河畔慢慢地熄灭了。

"在残月的光华下，豺狼从荒屋的院子里齐声嗥叫。

"如果有什么流浪者，离家来到这儿，通宵无眠，低头听黑暗的喃喃自语；如果我关上大门，竟想摆脱尘世的羁绊，那么，有谁来把人生的秘密悄悄地送进他的耳朵呢?

“我的头发在花白了,那是微不足道的小事。

“我永远跟村子里最年轻的人一样年轻,跟最年迈的人一样年迈。

“有的人微笑,甜蜜而且单纯;有的人眼睛里闪烁着狡黠的目光。

“有的人大天白日里泪如泉涌;有的人黑夜里掩泣垂泪。

“他们大家都需要我,我无暇思索来世。

“我跟每一个人是同年的,如果我的头发花白了,那又有什么关系呢?”

啊,遥远的天涯海角,啊,您那笛子的热烈的呼唤呀!

我忘记了,我总是忘记了,在我那独自居住的房子里,门户处处是关着的啊!

二

当我在夜间独自去赴幽会的时候,鸟也不唱了,风也不动了,房子默默地站在街道的两旁。

一步响似一步的是我自己的脚镯,它使我感觉害羞。

当我坐在露台上谛听他的足音的时候,林间的叶子寂静无声,河里的流水也凝然不动,正如那睡熟了的哨兵膝上的利剑。

狂野地跳动的是我自己的心——我不知道怎样使它平静。

当我的爱人来了,来坐在我的身旁,当我的身体颤抖,我的眼帘下垂的时候,夜黑起来了,风把灯吹灭了,而云给繁星笼上了面纱。

闪烁发光的是我自己胸前的珠宝。我不知道怎样把它遮掩。

三

两手相挽，凝眸相视：这样开始了我们的心的纪录。

这是三月的月明之夜；空气里是指甲花的甜香；我的横笛遗忘在大地上，而你的花环也没有编成。

你我之间的这种爱情，单纯如歌曲。

你的番红花色的面纱，使我醉眼陶然。

你为我编的素馨花冠，像赞美似的使我心迷神驰。

这是一种欲予故夺、欲露故藏的游戏；一些微笑，一些微微的羞怯，还有一些甜蜜的无用的挣扎。

你我之间的这种爱情，单纯如歌曲。

没有超越现实的神秘；没有对不可能的事物的强求；没有藏在魅力背后的阴影；也没有在黑暗深处的摸索。

你我之间的这种爱情，单纯如歌曲。

我们并不背离一切言语而走入永远缄默的歧途；我们并不向空虚伸手要求超乎希望的事物。

我们所给予的和我们所得到的，都已经足够。

我们不曾过度地从欢乐中压榨出痛苦的醇酒。

你我之间的这种爱情，单纯如歌曲。

自然年轮

\ 好的故事 \

鲁　迅

灯火渐渐地缩小了，在预告石油的已经不多；石油又不是老牌，早熏得灯罩很昏暗。鞭爆的繁响在四近，烟草的烟雾在身边：是昏沉的夜。

我闭了眼睛，向后一仰，靠在椅背上；捏着《初学记》的手搁在膝髁上。

我在蒙胧中，看见一个好的故事。

这故事很美丽，幽雅，有趣。许多美的人和美的事，错综起来像一天云锦，而且万颗奔星似的飞动着，同时又展开去，以至于无穷。

我仿佛记得曾坐小船经过山阴道，两岸边的乌桕，新禾，野花，鸡，狗，丛树和枯树，茅屋，塔，伽蓝，农夫和村妇，村女，晒着的衣裳，和尚，蓑笠，天，云，竹，……都倒影在澄碧的小河中，随着每一打桨，各各夹带了闪烁的日光，并水里的萍藻游鱼，一同荡漾。诸影诸物，无不解散，而且摇动，扩大，互相融和；刚一融和，却又退缩，复近于原形。边缘都参差如夏云头，镶着日光，发出水银色焰。凡是我所经过的河，都是如此。

现在我所见的故事也如此。水中的青天的底子，一切事物统在上面交错，织成一篇，永是生动，永是展开，我看不见这一篇的结束。

河边枯柳树下的几株瘦削的一丈红，该是村女种的罢。大红花和斑红花，都在水里面浮动，忽而碎散，拉长了，缕缕的胭脂水，然而没有晕。茅屋，狗，塔，村女，云，……也都浮动着。大红花一朵朵全被拉长了，这时是泼刺奔迸的红锦带。带织入狗中，狗织入白云中，白云织入村女中……。在一瞬间，他们又将退缩了。但斑红花影也已碎散，伸长，就要织进塔，村女，狗，茅屋，云里去。

现在我所见的故事清楚起来了，美丽，幽雅，有趣，而且分明。青天上面，有无数美的人和美的事，我一一看见，一一知道。

我就要凝视他们……。

我正要凝视他们时，骤然一惊，睁开眼，云锦也已皱蹙，凌乱，仿佛有谁掷一块大石下河水中，水波陡然起立，将整篇的影子撕成片片了。我无意识地赶忙捏住几乎坠地的《初学记》，眼前还剩着几点虹霓色的碎影。

我真爱这一篇好的故事，趁碎影还在，我要追回他，完成他，留下他。我抛了书，欠身伸手去取笔，——何尝有一丝碎影，只见昏暗的灯光，我不在小船里了。

但我总记得见过这一篇好的故事，在昏沉的夜……。

一九二五年二月二十四日。

\秋\

沈尹默

秋风起，一日比一日恶，天气渐渐冷了，树叶渐渐黄了落了。

红的，白的，紫的，黄的，绿的，粉红的，满庭院都是菊花。没有蝴蝶来，也没有蜜蜂来，连唧唧的虫声也不听见了；那各色的花，他们都静悄悄的各自开着。

被雨打折了的向日葵，天晴了，他仍旧向着日，美满的开花，美满的结实。

海棠呀，凤仙呀，在树下的小瓦盆里，不怕人来采，自由自在开着它的又瘦又小的花。枯树枝上挂满了豆菱，豆菱上还带着两朵三朵豆花，和一垂两垂豆荚。

白蓼花，红蓼花，经了许多雨，许多风，红的仍旧红，白的仍旧白，不曾吹折他的枝，洗褪他的颜色。

秋！这样光明鲜艳的秋。

\晓\

刘半农

火车——永远是这么快——向前飞进。

天色渐渐的亮了；不觉得长夜已过，只觉车中的灯，一点点的暗下来。

车窗外面：——

起初是昏沉沉一片黑，慢慢露出微光，露出鱼肚白的天，露出紫色，红色，金色的霞彩。

是天上疏疏密密的云？是地上的池沼？丘陵？草木？是流霞？辨别不出。

太阳的光线，一丝丝透出来，照见一片平原，罩着层白蒙蒙的薄雾。雾中隐隐约约，有几墩绿油油的矮树。雾顶上，托着些淡淡的远山。几处炊烟，在山坳里徐徐动荡。

这样的景色，是我生平第一次见到。

晓风轻轻吹来，很凉快，很清白，叫我不甘心睡。

回看车中，大家东横西倒，鼾声呼呼，现出那干——枯——白——很可怜的脸色！

只有我一个三岁的女孩，躺在我手臂上，笑弥弥的，两颊像苹果，映着朝阳。

一九一八，七，十，沪宁车中

\ 雨 \

刘半农

妈！我今天要睡了——要靠着我的妈早些睡了。听！后面草地上，更没有半点声音；是我的小朋友们，都靠着他们的妈早些去睡了。

听！后面草地上，更没有半点声音；只是墨也似的黑！只是墨也似的黑！怕啊！野狗野猫在远远地叫，可不要来啊！只是那叮叮咚咚的雨，为什么还在那里叮叮咚咚的响？

妈！我要睡了！那不怕野狗野猫的雨，还在墨黑的草地上，叮叮咚咚的响。它为什么不回去呢？它为什么不靠着它的妈，早些睡呢？

妈！你为什么笑？你说它没有家么？——昨天不下雨的时候，草地上全是月光，它到哪里去了呢？你说它没有妈妈么？——不是你前天说，天上的黑云，便是它的妈么？

妈！我要睡了！你就关上了窗，不要让雨来打湿了我们的床。你就把我的小雨衣借给雨，不要让雨打湿了雨的衣裳。

一九二〇，八，六，伦敦

\雾\

茅　盾

雾遮没了正对着后窗的一带山峰。

我还不知道这些山峰叫什么名儿。我来此的第一夜就看见那最高的一座山的顶巅像钻石装成的宝冕似的灯火。那时我的房里还没有电灯，每晚上在暗中默坐，凝望这半空的一片光明，使我记起了儿时所读的童话。实在的呢。这排列得很整齐的依稀分为三层的火球，衬着黑魆魆的山峰的背景，无论如何，是会引起非人间的缥缈的思想的。

但在白天看来，却就平凡得很。并排的五六个山峰，差不多高低，就只最西的一峰戴着一簇房子，其余的仅只有树；中间最大的一峰竟还有濯濯地一大块，像是癞子头上的疮疤。

现在那照例的晨雾把什么都遮没了；就是稍远的电线杆也躲得毫无影踪。

渐渐地太阳光从浓雾中钻出来了。那也是可怜的太阳呢！光是那样的淡弱。随后它也躲开，让白茫茫的浓雾吞噬了一切，包围了大地。

我诅咒这抹煞一切的雾！

我自然也讨厌寒风和冰雪。但和雾比较起来，我是宁愿后者呵！寒风和冰雪的天气能够杀人，但也刺激人们活动起来奋斗。雾，雾呀！只使你苦闷，使你颓唐阑珊，像陷在烂泥淖中，满心想挣扎，可是无从着力呢！

傍午的时候，雾变成了牛毛雨，像帘子似的老是挂在窗前。两三丈以外，便只见一片烟云——依然遮抹一切，只不是雾样的罢了。没有风，门前池中的残荷梗时时忽然急剧地动摇起来，接着便有红鲤鱼的活泼泼地跳跃划破了死一样平静的水面。

我不知道红鲤鱼的轨外行动是不是为了不堪沉闷的压迫？在我呢，既然没有杲杲的太阳，便宁愿有疾风大雨，很不耐这愁雾的后身的牛毛雨老是像帘子一样挂在窗前。

十二，十四，二八

\ 虹 \

茅　盾

不知在什么时候金红色的太阳光已经铺满了北面的一带山峰。但我的窗前依然洒着绵绵的细雨。

早先已经听人说过这里的天气不很好。敢就是指这样的一边耀着阳光，一边却落着泥人的细雨？光景是多少像故乡的黄梅时节呀！出太阳，又下雨。

但前晚是有过浓霜的了。气温是华氏表四十度。

无论如何，太阳光是欢迎的。我坐在南窗下看 N. Evreinoff 的剧本。看这本书，已经是第三次了！可是对于那个象征了顾问和援助者，并且另有五个人物代表他的多方面的人格的剧中主人公 Paraclete，我还是不知道应该憎呢或是爱？

这不是也很像今天这出太阳又下雨的天气么？

我放下书，凝眸遥瞩东面的披着斜阳的金衣的山峰，我的思想跑得远远的。我觉得这山顶的几簇白房屋就仿佛是中古时代的堡垒；那里面的主人应该是全身裹着铁片的骑士和轻盈婀娜的美人。

欧洲的骑士样的武士，岂不是曾在这里横行过一世？百余年前，这群山环抱的故都，岂不是一定曾有些挥着十八贯的铁棒的壮士？岂不是余风流沫尚像地下泉似的激荡着这个近代化的散文的都市？

低下头去，我浸入于缥缈的沉思中了。

当我再抬头时，咄！分明的一道彩虹划破了蔚蓝的晚空。什么时候它出来，我不知道；但现在它像一座长桥，宛宛地从东面山顶的白房屋后面，跨到北面的一个较高的青翠的山峰。呵，你虹！古代希腊人说你是渡了麦丘立到冥国内索回春之女神，你是美丽的希望的象征！

但虹一样的希望也太使人伤心。

于是我又恍惚看见穿了锁子铠，戴着铁面具的骑士涌现在这半空的彩桥上；他是要找他曾经发过誓矢忠不二的“贵夫人”呢？还是要扫除人间的不平？抑或他就是狐假虎威的“鹰骑士”？

天色渐渐黑下来了，书桌上的电灯突然放光，我从幻想中抽身。

像中世纪骑士那样站在虹的桥上，高揭着什么怪好听的旗号，而实在只是出风头，或竟是待价而沽，这样的新式骑士，在“新黑暗时代”的今日，大概是不会少有的罢？

\黄　昏\

茅　盾

海是深绿色的，说不上光滑；排了队的小浪开正步走，数不清有多少，喊着口令“一，二——”似的，朝喇叭口的海塘来了。挤到沙滩边，啵嘶！——队伍解散，喷着愤怒的白沫。然而后一排又赶着扑上来了。

三只五只的白鸥轻轻地掠过，翅膀扑着波浪，——一点一点躁怒起来的波浪。

风在掌号。冲锋号！小波浪跳跃着，每一个像个大眼睛，闪射着金光。满海全是金眼睛，全在跳跃。海塘下空隆空隆地腾起了喊杀。

而这些海的跳跃着的金眼睛重重叠叠一排接一排，一排怒似一排，一排比一排浓溢着血色的赤，连到天边，成为绀金色的一抹。这上头，半轮火红的夕阳！

半边天烧红了，重甸甸地压在夕阳的光头上。

愤怒地挣扎的夕阳似乎在说：

——哦，哦！我已经尽了今天的历史的使命，我已经走完了今天的路程了！现在，现在，是我的休息时间到了，是我的死期到了！哦，哦！却也是我的新生期快开始了！明天，从海的那一头，我将威武地升起来，给你们光明，给你们温暖，给你们快乐！

呼——呼——

风带着永远不会死的太阳的宣言到全世界。高的喜马拉雅山的最高峰，汪洋的太平洋，阴郁的古老的小村落，银的白光冻凝了的都市，——一切，一切，夕阳都喷上了一口血焰！

两点三点白鸥划破了渐变为赭色的天空。

风带着夕阳的宣言走了。

像忽然熔化了似的，海的无数跳跃着的金眼睛摊平为暗绿的大面孔。

远处有悲壮的笳声。

夜的黑幕沉重地将落未落。

不知到什么地方去过一次的风，忽然又回来了；这回是打着鼓似的：勃仑仑，勃仑仑！不，不单是风，有雷！风挟着雷声！

海又动荡，波浪跳起来，轰！轰！

在夜的海上，大风雨来了！

\匆　匆\

朱自清

燕子去了，有再来的时候；杨柳枯了，有再青的时候；桃花谢了，有再开的时候。但是，聪明的，你告诉我，我们的日子为什么一去不复返呢？——是有人偷了他们吧：那是谁？又藏在何处呢？是他们自己逃走了吧：现在又到了哪里呢？

我不知道他们给了我多少日子；但我的手确乎是渐渐空虚了。在默默里算着，八千多日子已经从我手中溜去；像针尖上一滴水滴在大海里，我的日子滴在时间的流里，没有声音，也没有影子。我不禁头涔涔而泪潸潸了。

去的尽管去了，来的尽管来着；去来的中间，又怎样地匆匆呢？早上我起来的时候，小屋里射进两三方斜斜的太阳。太阳他有脚呵，轻轻悄悄地挪移了；我也茫茫然跟着旋转。于是——洗手的时候，日子从水盆里过去；吃饭的时候，日子从饭碗里过去；默默时，便从凝然的双眼前过去。我觉察他去的匆匆了，伸出手遮挽时，他又从遮挽着的手边过去。天黑时，我躺在床上，他便伶伶俐俐地从我身上跨过，从我脚边飞去了。等我睁开眼和太阳再见，这算又溜走了一日。我掩着面叹息。但是新来的日子的影儿又开始在叹息里闪过了。

在逃去如飞的日子里，在千门万户的世界里的我能做些什么呢？

只有徘徊罢了，只有匆匆罢了；在八千多日的匆匆里，除徘徊外，又剩些什么呢？过去的日子如轻烟，被微风吹散了，如薄雾，被初阳蒸融了；我留着些什么痕迹呢？我何曾留着像游丝样的痕迹呢？我赤裸裸来到这世界，转眼间也将赤裸裸的回去吧？但不能平的，为什么偏要白白走这一遭啊？

你聪明的，告诉我，我们的日子为什么一去不复返呢？

一九二二，三，二八

\春\

朱自清

盼望着，盼望着，东风来了，春天的脚步近了。

一切都像刚睡醒的样子，欣欣然张开了眼。山朗润起来了，水涨起来了，太阳的脸红起来了。

小草偷偷地从土里钻出来，嫩嫩的，绿绿的。园子里，田野里，瞧去，一大片一大片满是的，坐着，躺着，打两个滚，踢几脚球，赛几趟跑，捉几回迷藏。风轻悄悄的，草软绵绵的。

桃树、杏树、梨树，你不让我，我不让你，都开满了花赶趟儿。红的像火，粉的像霞，白的像雪。花里带着甜味儿；闭了眼，树上仿佛已经满是桃儿、杏儿、梨儿。花下成千成百的蜜蜂嗡嗡地闹着，大小的蝴蝶飞来飞去。野花遍地是：杂样儿，有名字的，没名字的，散在草丛里像眼睛，像星星，还眨呀眨的。

“吹面不寒杨柳风。”不错的，像母亲的手抚摸着你。风里带来些新翻的泥土的气息，混着青草味儿，还有各种花的香，都在微微润湿的空气里酝酿。

鸟儿将巢安在繁花嫩叶当中，高兴起来了，呼朋引伴地卖弄清脆的喉咙，唱出宛转的曲子，跟轻风流水应和着。牛背上牧童的短笛，这时候也成天嘹亮地响着。

雨是最寻常的，一下就是三两天。可别恼。看，像牛毛，像花针，像细丝，密密地斜织着，人家屋顶上全笼着一层薄烟。树叶儿却绿得发亮，小草儿也青得逼你的眼。傍晚时候，上灯了，一点点黄晕的光，烘托出一片安静而和平的夜。在乡下，小路上，石桥边，有撑起伞慢慢走着的人，地里还有工作的农民，披着蓑戴着笠。他们的房屋，稀稀疏疏的，在雨里静默着。

天上风筝渐渐多了，地上孩子也多了。城里乡下，家家户户，老老小小，也赶趟儿似的，一个个都出来了。舒活舒活筋骨，抖擞抖擞精神，各做各的一份儿事去。“一年之计在于春”，刚起头儿，有的是工夫，有的是希望。

春天像刚落地的娃娃，从头到脚都是新的，它生长着。

春天像小姑娘，花枝招展的，笑着，走着。

春天像健壮的青年，有铁一般的胳膊和腰脚，领着我们上前。

\晨\

李金发

你一步步走来，微笑在牙缝里，多疑的手按着铃儿，裙带儿拂去了绒菊之朝露，气息如何，我全不能分析。镀金的早晨，款步来了，看呀，或者听环佩琅琅作响了，来！数他神秘的步骤。

你的臂儿张着向我，呵，他们倦了如我未醒的深睡。进来，向我旁边坐下，解去那透湿的鞋儿，你摘的是什么花朵，芳香全染在你胸膛里了，不看见么，他们正因离去同玩的小山羊哀戚了。

忽装出一半微笑，一半庄重的脸来，我画笔儿将停滞了，如你多看一眼。夜鸦染了我眼的深黑，所以飞去了；玫瑰染了你唇里的硃红，所以随风谢了。

我们到小径隐藏了去，看衰草在松根下痛哭。

你呼吸在风里，我眺望在远处，他们都欲朝黑夜之面而狂奔了。

黑夜才从门限里出去，他多么叫喊，愤怒与呜咽，如你不来，我将梦见你在我怀里。

奈黑夜才从门限里出去。

\ 雨 \

戴望舒

雨停止了，檐溜还是叮叮地响着，给梦拍着柔和的拍子，好像在江南的一只乌篷船中一样。“春水碧如天，画船听雨眠”，韦庄的词句又浮到脑中来了。奇迹也许突然发生了吧，也许我已被魔法移到苕溪或是西湖的小船中了吧……

然而突然，香港的倾盆大雨又降下来了。

\山　风\

戴望舒

窗外，隔着夜的帡幪，迷茫的山岚大概已把整个峰峦笼罩住了吧。冷冷的风从山上吹下来，带着潮湿，带着太阳的气味，或是带着几点从山涧中飞溅出来的水，来叩我的玻璃窗了。

敬礼啊，山风！我敞开门窗欢迎你，我敞开衣襟欢迎你。

抚过云的边缘，抚过崖边小花，抚过有野兽躺过的岩石，抚过缄默的泥土，抚过歌唱的泉流，你现在来轻轻地抚我了。说啊，山风，你是否从我胸头感到了云的飘忽，花的寂寥，岩石的坚实，泥土的沉郁，泉流的活泼？你会不会说，这是一个奇异的生物！

\ 春底林野 \

许地山

春光在万山环抱里，更是泄露得迟。那里底桃花还是开着；漫游的薄云从这峰飞过那峰，有时稍停一会，为的是挡住太阳，教地面底花草在它底荫下避避光焰底威吓。

岩下底荫处和山溪底旁边满长了薇蕨和其它凤尾草。红、黄、蓝、紫的小草花点缀在绿茵上头。

天中底云雀，林中底金莺，都鼓起它们底舌簧。轻风把它们底声音挤成一片，分送给山中各样有耳无耳的生物。桃花听得入神，禁不住落了几点粉泪，一片一片凝在地上。小草花听得大醉，也和着声音底节拍一会倒，一会起，没有镇定的时候。

林下一班孩子正在那里捡桃花底落瓣哪。他们捡着，清儿忽嚷起来，道："嗄，邕邕来了！"众孩子住了手，都向桃林底尽头盼望。果然邕邕也在那里摘草花。

清儿道："我们今天可要试试阿桐底本领了。若是他能办得到，我们都把花瓣穿成一串瓔珞围在他身上，封他为大哥如何？"

众人都答应了。

阿桐走到邕邕面前，道："我们正等着你来呢。"

阿桐底左手盘在邕邕底脖上，一面走一面说："今天他们要替你办嫁妆，教你做我底妻子。你能做我底妻子么？"

邕邕狠视了阿桐一下，回头用手推开他，不许他底手再搭在自己脖上。孩子们都笑得支持不住了。

众孩子嚷道：“我们见过邕邕用手推人了！阿桐赢了！”

邕邕从来不会拒绝人，阿桐怎能知道一说那话，就能使她动手呢？是春光底荡漾，把他这种心思泛出来呢？或者，天地之心就是这样呢？

你且看：漫游的薄云还是从这峰飞过那峰。

你且听：云雀和金莺底歌声还布满了空中和林中。在这万山环抱的桃林中，除那班爱闹的孩子以外，万物把春光领略得心眼都迷蒙了。

\ 海 \

许地山

我底朋友说:“人底自由和希望,一到海面就完全失掉了!因为我们太不上算,在这无涯浪中无从显出我们有限的能力和意志。”

我说:“我们浮在这上面,眼前虽不能十分如意,但后来要遇着底,或者超乎我们底能力和意志之外。所以在一个风狂浪骇底海面上,不能准说我们要到什么地方就可以达到什么地方;我们只能把性命先保持住,随着波涛颠来播去便了。”

我们坐在一只不如意的救生船里,眼看着载我们到半海就毁坏底大船渐渐沉下去。

我底朋友说:“你看,那要载我们到目的地底船快要歇息去了!现在在这茫茫的空海中,我们可没有主意啦。”

幸而同船底人,心忧得很,没有注意听他底话。我把他底手摇了一下说,“朋友,这是你纵谈底时候么?你不帮着划桨么?”

“划桨么?这是容易的事。但要划到哪里去呢?”

我说:“在一切的海里,遇着这样的光景,谁也没有带着主意下来,谁也脱不了在上面泛来泛去。我们尽管划罢。”

\霞\

冰　心

四十年代初期，我在重庆郊外歌乐山闲居的时候，曾看到英文《读者文摘》上，有个很使我惊心的句子，是：

May there be enough coluds in your life to make a beautiful sunset.

我在一篇短文里曾把它译成："愿你的生命中有够多的云翳，来造成一个美丽的黄昏。"

其实，这个 sunset 应当译成"落照"或"落霞"。

霞，是我的老朋友了！我童年在海边、在山上，她是我的最熟悉最美丽的小伙伴。她每早每晚都在光明中和我说"早上好"或"明天见"。但我直到几十年以后，才体会到云彩愈多，霞光才愈美丽。从云翳中外露的霞光，才是璀璨多彩的。

生命中不是只有快乐，也不是只有痛苦，快乐和痛苦是相生相成，互相衬托的。

快乐是一抹微云，痛苦是压城的乌云，这不同的云彩，在你生命的天边重叠着，在"夕阳无限好"的时候，就给你造成一个美丽的黄昏。

一个生命如到了"只是近黄昏"的时节，落霞也许会使人留恋，惆怅。但人类的生命是永不止息的。地球不停地绕着太阳自转。东方不亮西方亮，我窗前的晚霞，正向美国东岸的慰冰湖上走去……

1985年4月26日清晨作

\ 夜的蹈舞 \

焦菊隐

夜姑娘左手提起了黑蓝色的裙角，右手张举着墨扇，便翩翩地跳舞了。

她薄衫的四周用沉重的明珠镶嵌着；半球的发环上戴着一颗大珍珠。

当她在不息的舞跃，那些明珠一闪一闪地闪出光耀，头上的大珠，有时被扇儿遮住，露出时，便益发亮得刺目了；当她在左顾右盼，一丝丝的柳条轻轻地落入池中了，一朵朵的花儿偷偷地穿过了竹篱了，但在她未看而不看的地方仍是黑暗得沉寂；当她在抖弄衣裳一阵阵的轻风送她袖中裙里的香气，到百合身上，荷花身上，和夜香花的腋里，更布满了园里林间；当她在斟酌脚步，夜莺奏着美丽的歌声，能言的鸟在旁喃喃地讲说她跳得怎样的和谐的符节，——呵，一切都催人入梦呵！

夜姑娘于是微微地笑了，笑声荡漾到林边，林里的叶儿也哈哈笑了；在睡眠的鸟儿惊醒来，也互相问了一两声是什么消息。

这时跳舞的夜姑娘实在倦了，便和衣卧在银灰色闪着海青光的帐里。于是，呵，于是世界上的一切都开始讲夜的美丽，一如剧场里一幕闭后的噪杂声。

\雾　中\

李广田

走吧，到外边去，到雾中去，到雾中去看雾吧。在山上看雾这是第一次，我们从来还不曾看过这样重的雾呢。

不要怕，递给我你的手，我领你走向雾中。

但是，奇怪呀，暗雾笼罩了一切，却罩不住我们两个。我们的周身都是“光”，我们行近的地方雾便消了。你看你看，我们向前迈一步，雾便向后退一步，我们驻足，雾便为我们退出了一个“光”的圈子。

你快乐吗，孩子，我们周身都是“光”。

雾里的山花可还开？——你这样问我。是的，我将领你去看雾里的山花。你可以猜想那些山花是睡眠在雾中的，就如同贪睡的婴儿为夜色所催眠，但只要我们行近，当山花听到了我们的脚步声时，山花便为我们开放了，因为我们为它带来了“光”。慢慢走，慢慢走，我们已经到我们所熟知的地方了。你看你看，那不是红色的石竹花吗？因了雾的滋润，因了我们的“光”的照耀，石竹花开得更鲜艳了。唉，唉，我说它们开得这么好看，简直叫我感到悲哀了。雾还是这样重，看起来就如充塞在天地间的一种固体，我们一点也认不出那些峻拔的山峰的影子。然而我们向前走，慢慢地向前走，我们的“光”就随着来了，我们的面前出现了苍翠的树木，我们的脚下出现了碧绿的杂草。虽然你也可以猜想它们是睡在雾中的，然而只要我们刚刚走近，它们便醒来了，它们都戴了最澄莹的露珠，展开了叶心，在我们的“光”中含笑舞蹈着。

孩子，你觉得快乐吗？我们行近的地方雾便退开，因为我们有“光”，草木为我们而惊醒，山花为我们而开放。

而且还有流泉在雾中唱着，也许你猜想那是被雾封锁了的。

而且，远远的，还有人语声，还有鸡唱声。这些声音也许并不遥远，但为重雾所隔，便觉那是遥远的了，而且觉得是另一种境界了。孩子，你听了那些声音，你应当觉得平安，应当觉得熨帖吧。我呢，我无论在什么时候，什么地方，只要听到了人语声、鸡唱声，我便觉得喜悦，仿佛那便是幸福之所在，而这远远地由雾中传来的人语、鸡唱，不但使我觉得平安，而且有着远古隔世之感了。

我们不必再向前走，我们就在这里停住吧，我们站在我们的“光”之内，谛听我们的世界之外的声音吧。而且，孩子，你还应当想象：在这重雾所充塞的天地之间，凡有我们同类所在的地方，每双眼睛的前面都有一个“光”的圈子，他们都在私心里说道：“我们是幸福的，我们在暗雾中得有光明。”而且就连那引吭高歌的雄鸡，就连那在雾中穿行的山鸟吧，它们都各喜欢它们所独有的“光”啊。这充塞于天地间的是暗雾吗？也许并没有雾，因为就连那苍翠的松柏，那碧绿的杂草，那开的鲜艳的红石竹花，它们也各有它们的“光”呢。

孩子，怎么的，你又在做梦吗？你看你看，雾为我们的发丝上串满了细碎的珍珠。

\早　晨\

李广田

我每天早晨都怕晚了，第一次醒悟之后便立刻起来，而且第一个行动是：立刻跑出去。

跑出去。因为庭院中那些花草在召唤我，我要去看看它们在不为人所知所见的时候有了多少生长，我相信，它们在一夜的沉默中长得最快，最自在。

我爱植物甚于爱“人”，因为它们那生意，那葱茏，就是它们那按时的凋亡也可爱，因为它们留下了根底，或种子，它们为生命尽了力。

当然我还是更爱“人”，假如人有了植物的可爱。酣睡一夜而醒来的婴儿，常叫我想到早晨的花草，而他那一双清明的眼睛，——日出前花草上的露珠。

\野　火\

胡　风

依然亲切地怀念着，虽然儿时的湖山已在云烟以外的以外。“儿时”也渐渐离我而去，如远山一样的，淡了淡了。

也是这样的深冬，也是这样的深暮，怀着跳跃的心情跑出门来，啊，苍苍茫茫的遥空里正浮着一抹火焰！喧叫了一阵以后，先先后后地就集拢了一堆人，翘望着那遥空里的横冈山上的野火。对着那浮映在寥廓的天半，凝住了似的火影所幻出的飘忽的故事，是美丽得多么稚气呀！等到睡意醺浓，故事模糊的时候，浴在微黄的灯火里的母亲底影子就亲亲而温暖了。

依然亲切地怀念着，虽然儿时的湖山已在云烟以外的以外，“儿时”也渐渐离我而去，如远山一样的，淡了淡了。

也是这样的深冬，也是这样阴沉的午后，当感到一切游戏都呆重无味时，萋萋的衰草上就着上了一把火。渐渐地蔓延开去，带着“吱吱”的响声和焦枯的烟味。

在昏黄的归路上偶然回首，也还能得到散漫的星星火影。

依然是寂寞的冬，依然是阴沉的午后的苍茫的深暮，而母亲，儿时，儿时的湖山，儿时的湖山里的野火呢？

远了，远了……

别了儿时，抱着无涯际的“作客”的情怀，凄凄清清地辗转着，而又频频向过去回首的生涯啊！

就在几天前，曾同一个朋友在这古城的荒山间浪游，踏着烧去了衰草的野地，前面的遥空正横着淡淡的远山底影子，怀念之感就如暮色般罩上了心头。

既未能高唱毁灭之歌，自然还希望能遇到点缀在儿时生活里的野火似的或物，在这苍茫寂寞的来日，在这苍茫寂寞的人间。

彳亍，彳亍，我望着遥遥的遥遥的……

一九二八年一月

\ 日 \

巴　金

为着追求光和热，将身子扑向灯火，终于死在灯下，或者浸在油中，飞蛾是值得赞美的。在最后的一瞬间它得到光，也得到热了。

我怀念上古的夸父，他追赶日影，渴死在旸谷。中国神话：“夸父不量力，欲追日影，逐之于旸谷，渴死。”（见《山海经》）

为着追求光和热，人宁愿舍弃自己的生命。生命是可爱的。但寒冷的、寂寞的生，却不如轰轰烈烈的死。

没有了光和热，这人间不是会成为黑暗的寒冷世界么？

倘使有一双翅膀，我甘愿做人间的飞蛾。我要飞向火热的日球，让我在眼前一阵光、身内一阵热的当儿，失去知觉，而化作一阵烟，一撮灰。

七，二十一

\ 月 \

巴 金

每次对着长空的一轮皓月，我会想：在这时候某某人也在凭栏望月么?

圆月有如一面明镜，高悬在蓝空。我们的面影都该留在镜里罢，这镜里一定有某某人的影子。

寒夜对镜，只觉冷光扑面。面对凉月，我也有这感觉。

在海上，山间，园内，街中，有时在静夜里一个人立在都市的高高露台上，我望着明月，总感到寒光冷气侵入我的身子。冬季的深夜，立在小小庭院中望见落了霜的地上的月色，觉得自己衣服上也积了很厚的霜似的。

的确，月光冷得很。我知道死了的星球是不会发出热力的。月的光是死的光。

但是为什么还有姮娥奔月（姮娥，即嫦娥。——编者注。）的传说呢？难道那个服了不死之药的美女便可以使这已死的星球再生么？或者她在那一面明镜中看见了什么人的面影罢。

七，二十二

\ 夜 \

阿 垅

那末，夜呢？

假使昼献给人以工作，那夜就献给人以酣睡，昼是活跃的，夜是慈爱的，而工作和睡眠是生活底两个面。

树林酣睡了，枝上挂满成熟的果子像小母亲抱着孩子，河水酣睡了，鱼住在水草里，萍花偎傍着树枝赤露的浅岸。街道酣睡了，一切的声音，一切的光彩转为深沉的平静和整齐的和谐。花酣睡了，不红了，也不黄了。诗人酣睡了，把他底世界让给夜莺和微风。战士酣睡了，散发的大头枕着爱惜的刀；刀也酣睡了，到明天底清早里可以有更新锐的锋芒。农民酣睡了，他底锄头、犁、镰刀都酣睡了，为了第二季的播种。工人酣睡了，因为革命的行列要他高举胜利的旗。

夜不是黑暗的，也不是死灭的，只是为睡眠的。

有珠光宝气的星，有浑圆的明月，有飘荡不已的流萤，从树枝影上可以摘取，从流泉光中可以掬饮，从水边草间闪烁飞来。夜不是黑暗的。

蟋蟀在绿苔的墙脚弹琴，树叶和微风彼此细语，流萤飞游河上和影子相互追逐，晚香玉盛开，窗前香气浓郁不散。而人，假使伸过轻柔的手去抚摩，他可以触到他底鼻息，那样平静，那样匀整，那样柔和，那样温暖，那样沉酣舒畅。在睡眠中生命并没有中止，心脏并没有停滞；或许，第二天清早问他，他会告诉你美丽的新梦，他肩上生出洁白如鹤的翼子，左手提着一柄银剑，右手握一束红花，高高地飞上蓝绿的天。夜不是死灭。

并且，当夜愈深的时候，晨也就愈近。

而酣畅的睡眠，给明天的工作养蓄精力。

\春底心\

丽　尼

我寻找着，在春底怀中，想得到一枝桃花；春是这般地美丽的。

我几乎沉醉了，在春底怀中，但是我仍然继续着找寻。

少女们从我底身旁过去了，她们嗤嗤地笑着，说这是一个痴心的寻找，她们说，“看那痴心的寻找者。”

似乎是，我是在荆棘之中寻找桃花。

我寻找着，在春底怀中，想得到一枝桃花；春是这般地美丽的。

红色的引诱，如同处女底唇一样的，使我沉醉着，不断地寻找。

越过了荆棘，藤和刺扯住了我底衣角；微风似乎是在怨语，似乎是说我过甚地冷淡了她。

也许是吧？微风正吹动了我底薄衫。

我寻找着，在春底怀中，想得到一枝桃花；春是这般地美丽的。

苍古的庄园和废墟，我在幼时所曾沉醉的，如今都已被我遗忘。

当太阳沉落了，怕人的晚霞回照着我母亲底住屋的时候，有我儿时的游伴在那里轻声叹息。

但是，我仍然寻找着，离开着她们而找一枝桃花。

一九三一，四

\ 二月底原上 \

丽　尼

雪融化在二月底原上。

我对你说："如今我会正在猎着海狸了，假使我是在我底故乡。"

你似是有一些怅惘。

我说，"当雪花纷舞在海沫底肩上，在石岩之上我会独自一人持着我底长枪；故乡底姑娘们称我为骄傲与残忍底君王。"

"但是，在那里我不曾见过阳光。"

太阳呈现着在二月底原上。

你怅惘着，睇视着远地底山岗，你是在思忆着一个远方，没有给我以回响。

啊，你，你是我底女王！

你底赤足安放着在雪底原上，我如同你底奴仆斜依着在你底身旁。我不敢给你一个摸抚，因为你保持了你底端庄。

我以是而有了一些惆怅。

你对我作出了低声的歌唱。

但你总是吝惜着你底赐与，以是而使得我在心底感觉了悲伤。

我怀念着我底故乡。

当我猎着海狸的时候，在我底身旁是追随着无数我故乡底姑娘，然而那是在我底故乡。在这里，你做了我底女王。

你底眼睛说出了你底冥想。

你幻想着一个辽遥的远方。

二月底积雪铺满着山岗，那山岗如今织成了你底遐想。

我底故乡如今是大海底茫茫。

你没有微笑，端庄得如同一座神像。照着你底脸面的是二月底阳光，环绕着你底身体的是你底白色的群羊。

雪融化在二月底原上。

一九三二，二

\ 黄昏之献 \

丽　尼

断裂的心弦，也许弹不出好的曲调来吧？

正如在那一天底夜晚，你底手在比牙琴上颤栗着，你那时不只是感觉了不安，而且感觉了恐怖。那月亮照临的山道，流泉底哀诉的声音，这些，也正象征出你心中的烦乱了。

说是你应该在梦中归来就我，然而，这崎岖的山路，就是你底梦魂也将不堪其艰难的跋涉呀！

啊，我是如何地思念你哟！

而且，更想不到这就是永远的别离。

梦，是多么地空虚。在你梦魂归来的时候，我不曾一次握过你底手，也没有一次看清过你底面容。

啊，你是在黑暗之中了。

啊，在黄昏里，你是离开了我，而回到你妈妈，你爸爸那里去了。

啊，只要我知道如今你是在甚么地方躺卧着的啊！

没有不醒的梦，除了永久的长睡以外；然而，在长睡之中连梦也会被忘却的呀！第一次梦见你在高原，第二次在海滨。

然而，等到梦醒的时候，坟墓就覆盖着你了。

我不要求你来给我解释命运之神秘，生命之无常，我不要求你来告诉我黑暗之国底消息，我不要求你来含泪讲述着你自己底故事。

但是，你啊，我愿你安息！

当灯油快完的时候，生命底呼吸也就短促起来了。在夜晚底世界里面，人们都是沉睡着。

天上的星斗啊，你们是在唱着挽歌么？

月亮呀，你也现出了如何仓惶的神态哟！

我看着花开，又看着花谢，我看着月圆，又看着月缺；你哟，我看着你向人间走来，又看着你离开人间而去，我看着你在梦里欢跃，又看着你受到了梦底欺凌哟！

夜之安琪儿呀，请为我歌一曲《流浪者之夜歌》罢。

一九三〇，四

\雨　前\

何其芳

最后的鸽群带着低弱的笛声在微风里划一个圈子后，也消失了。也许是误认这灰暗的凄冷的天空为夜色的来袭，或是也预感到风雨的将至，遂过早地飞回它们温暖的木舍。

几天的阳光在柳条上撒下的一抹嫩绿，被尘土埋掩得有憔悴色了，是需要一次洗涤。还有干裂的大地和树根也早已期待着雨。雨却迟疑着。

我怀想着故乡的雷声和雨声。那隆隆的有力的搏击，从山谷返响到山谷，仿佛春之芽就从冻土里震动，惊醒，而怒茁出来。细草样柔的雨声又以温存之手抚摩它，他它簇生油绿的枝叶而开出红色的花。这些怀想如乡愁一样萦绕得使我忧郁了。我心里的气候也和这北方大陆一样缺少雨量，一滴温柔的泪在我枯涩的眼里，如迟疑在这阴沉的天空里的雨点，久不落下。

白色的鸭也似有一点烦躁了，有不洁的颜色的都市的河沟里传出它们焦急的叫声。有的还未厌倦那船一样的徐徐的划行。有的却倒插它们的长颈在水里，红色的蹼趾伸在尾后，不停地扑击着水以支持身体的平衡。不知是在寻找沟底的细微食物，还是贪那深深的水里的寒冷。

有几个已上岸了。在柳树下来回地作绅士的散步，舒息划行的疲劳。然后参差地站着，用嘴细细地抚理它们遍体白色的羽毛，间或又摇动身子或扑展着阔翅，使那缀在羽毛间的水珠坠落。一个已修饰完毕的，弯曲它的颈到背上，长长的红嘴藏没在翅膀里，静静合上它白色的茸毛间的小黑睛，仿佛准备睡眠。可怜的小动物，你就是这样做你的梦吗?

我想起故乡放雏鸭的人了。一大群鹅黄色的雏鸭游牧在溪流间。清浅的水；两岸青青的草，一根长长的竹竿在牧人的手里。他的小队伍是多么欢欣地发出啾啁声，又多么驯服地随着他的竿头越过一个田野又一个山坡！夜来了，帐幕似的竹篷撑在地上，就是他的家。但这是怎样辽远的想象啊！在这多尘土的国度里，我仅只希望听见一点树叶上的雨声。一点雨声的幽凉滴到我憔悴的梦，也许会长成一树圆圆的绿阴来复荫我自己。

我仰起头。天空低垂如灰色的雾幕，落下一些寒冷的碎屑到我脸上。一只远来的鹰隼仿佛带着怒愤，对这沉重的天色的怒愤，平张的双翅不动地从天空斜插下，几乎触到河沟对岸的土阜，而又鼓扑着双翅，作出猛烈的声响腾上了。那样巨大的翅使我惊异。我看见了它两肋间斑白的羽毛。

接着听见了它有力的鸣声，如同一个巨大的心的呼号，或是在黑暗里寻找伴侣的叫唤。

然而雨还是没有来。

一九三三，春，北京

\黄　昏\

何其芳

马蹄声，孤独又忧郁地自远至近，洒落在沉默的街上如白色的小花朵。我立住。一乘古旧的黑色马车，空无乘人，纡徐地从我身侧走过。疑惑是载着黄昏，沿途散下它阴暗的影子，遂又自近至远地消失了。

街上愈荒凉。暮色下垂而合闭，柔和地，如从银灰的归翅间坠落一些慵倦于我心上。我傲然，耸耸肩，脚下发出凄异的长叹。

一列整饬的宫墙漫长地立着。不少次，我以目光叩问它，它以叩问回答我：

——黄昏的猎人，你寻找着什么?

狂奔的猛兽寻找着壮士的刀，美丽的飞鸟寻找着牢笼，青春不羁之心寻找着毒色的眼睛。我呢?

我曾有一些带伤感之黄色的欢乐，如同三月的夜晚的微风飘进我梦里，又飘去了。我醒来，看见第一颗亮着纯洁的爱情的朝露无声地坠地。我又曾有一些寂寞的光阴，在幽暗的窗子下，在长夜的炉火边，我紧闭着门而它们仍然遁逸了。我能忘掉忧郁如忘掉欢乐一样容易吗?

小山巅的亭子因瞑色天空的低垂而更圆，而更高高地耸出林木的葱茏间，从它我得到仰望的惆怅。在渺远的昔日，当我身侧尚有一个亲切的幽静的伴步者，徘徊在这山麓下，曾不经意地约言：选一个有阳光的清晨登上那山巅去。但随后又不经意地废弃了。这沉默的街，自从再没有那温柔的脚步，遂日更荒凉，而我，竟惆怅又怨抑地，让那亭子永远秘藏着未曾发掘的快乐，不敢独自去攀登我甜蜜的想象所萦系的道路了。

一九三三，初夏

\夜　霜\

郭　风

我沿着溪边的小径，要走回到村里去。

我看见稻草垛上，凝结着白霜。

我看见池沼边的草地上，凝结着白霜。

我看见村庄的木栅、篱笆，凝结着白霜。

我看见溪岸上的乌桕树上，梅树上，凝结着白霜。

月亮好像一枚冰冷的黄玫瑰。北斗好像几颗冰冷的宝石。我看见月光和星光把乌桕树和梅树的树枝，画出树影来，画在溪岸的草地上。

我受到深深的感动了。可真是的，我看见溪岸上的草地，凝结着白霜，好像一块无尽铺展的白色画布，上面画出了非常美丽的树影；好像墨笔画出来的浓墨色的树影、淡墨色的树影。

这一刻间，我忽地无缘无故地思念起一位友人，一位刻苦的、勤奋的、谦逊而又有点固执的画家来了。

\ 雪的变奏曲 \

郭　风

它是百合花。

它是铃兰。它是白云。它是泡沫。它是一只在荒原上旅行的野鸽的翅膀。

它是烟碟上一缕烟和岩石上的水草。

根据鲁迅先生的感觉，它是雨的精魂。

——它还是一床唐朝的席。它是收录机播出的蓝色音乐。它是祭文。

它还是一只酒杯。一辆马车。一条电鳗。一朵火焰。一把雨伞。

它归入泥土。

\ 暮雨之泗（选七） \

李 耕

冷 雨

几许篱笆，面对几许暮秋冷雨。

篱笆，乃拐杖之排列，踟蹰于岁月之门，敲响一串老梦。被荒芜的田园与被蹉跎的青春，是火焰之墙的愧疚的印迹，被疏忽而伤损过的蝴蝶，则在向我讨回几许懊悔。

听梧桐老叶，轻轻且又净净敲响静静的暮雨之夜。

无眠中，

独自数着生命的步音。

黄昏之旅

随鱼尾纹，游入黄昏之海。

叶在飘零，花已萎蔫，果却未成熟。坠落已是一种自然，何需感叹夕阳无情。

让思绪在残照中如鸟之归巢，不必问墓碑将立于天涯何处。

躯壳沉没，

梦，仍在飞翔。

雪的翅膀

差遣冬雪，塑我以圣净的女伴。

女伴的素笺，是一叠叠六角形的微笑，只有温馨，不觉寒凉，只有洁白，没有污迹。

当太阳的火烈的嘴唇强行靠近它的嘴唇，它飞了。飞成白的鸽，飞成白的鹭，飞成白的云朵。

我也想离开酷烈的阳光，

但没有翅膀。

夜的嘴

夜的嘴由暗红变成暗黑。

一口口咀嚼古屋的檐角与檐角上古典的风铃，一口口咀嚼老树的叶老树的虬柯与老树枝椏上的鸟巢和朦胧的鸟音。旷野上的飞翔的鸟与梦，旷野上的小河边的水车与水车的声音，全在它的咀嚼之中。

我未被咀嚼。

我将黑夜关在门外，

用夕阳之火，点亮我案前的曙光。

苔藓生命

在死亡之谷，有黑色风暴挑衅种种生机。花瓣因之枯蔫，草叶因之萎凋，蝴蝶因之死亡，鸟巢因之坠落，星光因之暗淡，晚风因之痴呆，蟾蜍因之失声。

卑贱的苔藓却苍凉地绿着，不躁不屈，平平淡淡，一介寒门，无欲无求，贴在亘古不变的岩壁上，三重风暴也无奈其何。

净土一方，匿于苔藓的禅那之中。

崖

耸起的一朵孤独。

孤独的崖上，孤独地立着一棵在山风中摇曳的松；孤独的松树一只孤独的鹰在远远望着天边山峦中孤独的落日。

崖也孤独，松也孤独，鹰也孤独。孤独的太阳照着孤独的崖孤独的松孤独的鹰。

太阳，

不孤独。

我的鸟

向自由的鸟走去，鸟，在惊恐中飞了。

我高声向鸟喊道：我们曾在梦的森林相聚。

鸟答：那只是在你的梦的森林啊！

向自由的鸟走去，鸟，在困惑中飞了。

我高声向鸟喊道：自由的鸟啊！我不是鸟笼，我不是陷阱，也不是猎枪。

鸟答：你，不是我们鸟类！

\溪　水\

羊　翚

透明的溪水，明净得就像母亲的眼睛。

春天，你的眼里是一片斑斓；

夏天，你的眼里是一片浓绿；

秋天，你的眼里是一片澄碧；

冬天，你疲倦了——合上眼睛，也停止了唱歌。

你摄取蓝天的云朵、黄昏的晚霞、夜空的星星；还留下我儿时的身影。

呵！这溪边沙沙作响的甘蔗林，带甜味的风，曾把我童年的梦吹拂！我躺在你的身边，感到靠在母亲胸膛上的幸福……

你是我们生活里的一支古老的歌——

你望见骑着毛驴的迎亲的队伍来了，几支唢呐奏出悲哀的音乐；你望见几个壮实的汉子，抬着笨重的木棺来了，把老人送上山坡；你也听见：山脚下的独轮车，带着吱吱哑哑的声音，在贫穷的土地下呻吟而过……

如果没有你，谁给我们留下自然的彩色；谁给我们记载山民的悲哀和欢乐呢？

透明的溪水，你给了我一双能够分辨色彩的眼睛。
当我在你身边，发现自己成为一个少年时，就不得不远行了。
你像养育我的母亲一样，送我出山吧！

一九四五，于四川古铜

\江之歌\

田一文

喏，

喏——

喏，喏，喏，喏……

船跃过了江流汹涌的江面。船逆着江流，前进着，船向江水作出有力的搏击。船又跃过一段江程了。江却掀起一股骇异的怒涛。

船夫光着铜色的背脊，摆着健壮的两臂，纤夫喏喏地打着号子；船夫露着多毛的手，遮着耀眼的阳光；纤夫匍匐着，鼓着多毛的腿肚；纤夫挨近沙滩，一步步地爬了过去；爬过一片沙滩，又爬过一堵巉岩，低沉地叫出了负荷的沉重，缓缓地吐出胸间的气力。喏，喏喏……声音高起来了，无数的声音组成了一个雄壮的合唱。哗哗；江在唱着，江像要壮壮他们的胆子。

纤夫背着纤绳爬过去了，一个个的，匍匐着，而且打着号子。

禁不住要去想象原始的人类如何同自然搏斗么？

原始人，想都是骁勇而且悍的。

喏，喏喏喏……

江上响起了一片原始的音乐。

怒涛起伏着，汹涌着，船涉过了澎湃的江面。江是宽阔的，江水旋着，画过一个圈又画过一个圈；江水发出了顽强的笑声。江笑得那样可怕，江水愤怒地发出长叹。一股股的怒涛直立起来了，倒下去了，骇异的怒涛做着骇异的姿势。那边，不也有一个险恶的滩头么？船一定要经过这险恶的滩，船逃避着没有滩的江面。有滩的一方江面，急流旋转着，哗哗地发出大声；急流旋出大大小小的涡儿，急流翻滚着，打着旋涡漾开去；涡流是狡猾的，然而船却要从狡猾得要命的涡流里涉过去；这个滩，也不知吞没过多少船只；但，还有多少暗礁，比滩更要险恶呢。但这，船夫却熟悉的。这条大江，行走是真不容易。

江愤怒了罢？

江直立起来了。

江水旋着，江水发出啸声。……

江在笑呢。

江水狰狰地笑着，江水发出疯狂的笑语。……

江面是没有静止的时候的。

江水唱着，江水发出狂歌。江，疯了样的，在巨风中歌唱，在阳光中歌唱，江是如此无羁。

尽管大江是如此汹涌，然而，生活在江上的人们却热爱江的歌唱。

船涉过怒涛和险滩，生活在江上的人们在江上打着号子。长长地，低沉地，扯起一片原始的歌唱：

喏，

喏——

喏，喏喏喏……

喏喏地吐着原始的力，喏喏地作出雄壮的合唱。

喏，江在壮着他们的胆子。

一九四〇，九，重庆

\炊　烟\

耿林莽

茅屋的炊烟升上了天空。

早晨的天空没有云。云把广阔的天的沃土，让给人间的炊烟旅行。

这一缕烟，像农家女身后旋舞的纱巾。

那一缕烟，像牧羊人手中扬起的鞭绳。

我忽然发现，它们每一簇都像婆娑的树影。我想起山谷里的树，曾有过嫩绿叶子织成的浓荫。它把果实献给了秋，花朵献给了春。冬天，又投身炉膛，献出枝条和枯根，在烈火中化为滚滚烟尘。

茅屋的炊烟在天的沃土上旅行。它们是死去的树木不朽的英魂。

\ 三月桃花水 \

刘湛秋

是什么声音，像一串小铃铛，轻轻地走过村边？是什么光芒，像一匹明洁的丝绸，映照着蓝天？

呵，河流醒来了！三月的桃花水，舞动着绮丽的朝霞，向前流呵。有一千朵樱花，点点洒上了河面，有一万个小酒涡，在水中回旋。

三月的桃花水，是春天的竖琴。

每一条波纹，都是一根根轻柔的弦；那细白的浪花，是响着有节奏的鼓点。那忽大忽小的水波声，应和着田野上拖拉机的鸣响；那纤细的低语，是在和刚刚从雪被里伸出头来的麦苗谈心；那碰着岸边石块的叮叮，像是大路上车轮滚过的铃声；那急流的水声浪声，是在催促着社员开犁播种啊！

三月的桃花水，是春天的明镜。

它看见燕子飞过天空，翅膀上裹着白云；它看见垂柳披上了长发，如雾如烟；它看见一群姑娘来到河边，水底立刻浮起一朵朵红莲，她们捧起了水，像抖落一片片花瓣；它看见了村庄上空，很早很早，就袅袅升起了炊烟……

比金子还贵呵，三月桃花水；

比银子还亮呵，三月桃花水；

呵，地上草如茵，两岸柳如眉，三月桃花水，叫人多沉醉。呵！多多地装吧，装进我们心灵的酒杯！

\ 春之怀古 \

张晓风

春天必然曾经是这样的。从绿意内敛的山头，一把雪再也撑不住了，噗嗤的一声，将冷脸笑成花面，一首澌澌然的歌便从云端唱到山麓，从山麓唱到低低的荒村，唱入篱落，唱入一只小鸭的黄蹼，唱入软溶溶的春泥，软如一床新翻的棉被的春泥。

那样娇，那样敏感，却又那样浑沌无涯。一声雷，可以无端地惹哭满天的云，一阵杜鹃啼，可以斗急了一城杜鹃花。一阵风起，每一棵柳都吟出一则则白茫茫，虚飘飘，说也说不清，听也听不清的飞絮，每一丝飞絮都是一株柳的分号。反正，春天就是这样不讲理，不逻辑，而仍可以好得让人心平气和的。

春天必然会是这样的：满塘叶黯花残的枯梗抵死苦守一截老根，北地里千宅万户的屋梁受尽风欺雪扰犹自温柔地抱着一团小小的空虚的燕巢。然后，忽然有一天，桃花把所有的山村水郭都攻陷了。柳树把皇室的御沟和民间的江头都控制住了。春天有如旌旗鲜明的王师，因长期虔诚的企盼祝祷而美丽起来。

而关于春天的名字，必然曾经有这样的一段故事：在《诗经》之前，在《尚书》之前，在仓颉造字之前，一只小羊在啮草时猛然感到的多汁，一个孩子在放风筝时猛然感觉到的飞腾，一只患风痛的腿在猛然间感到的舒活，千千万万双素手在溪畔，在塘畔，在江畔浣纱的手所猛然感到的水的血脉……当他们惊讶地奔走互告的时候，他们决定将嘴噘成吹口哨的形状，用一种愉快的耳语的声量来为这季节命名：“春”。

鸟又可以开始丈量天空。有的负责丈量天的蓝度，有的负责丈量天的透明度，有的负责用那只翼丈量天的高度和深度。而所有的鸟全不是好的数学家，它们吱吱喳喳地算了又算，核了又核，终于还是不敢宣布统计数字。

至于所有的花，已交给蝴蝶去点数。所有的蕊，交给蜜蜂去编册。所有的树，交给风去纵宠。而风，交给檐前的老风铃去一一记忆，一一垂询。

春天必然曾经是这样，或者，在什么地方，它仍然是这样的吧？穿越烟囱与烟囱的黑森林，我想走访那踯躅在湮远年代中的春天。

\ 赛纳河滨 \

［法］福　尔

蒙雾的天空散发出幽微的暮霭；这样的密云比清朗的天空更美；今天晚晌的太阳抵得了最温柔的月光，大地上所有的淑景全都在这里了。

在暮霭中逐渐停息下来的风，以温柔的爱情给芦苇丛加了些负荷；密云不时地给我的梦哆开一条隙缝，让我看见了太阳，那个连他自己也忘记了，忘记了白天的太阳。

我顺着河滨走去，在那儿，像做梦一般，看见了太阳的映象，它的银色的光晕在芦苇中浮游着，慢慢地追随着我，蚊蝇在它上面飞舞。

再见呀，太阳，太喜欢在幽暗的水底下做梦的太阳——从睡莲里晃动着，泛起了金色和乳白色，仿佛在波动的绢丝上偷偷地投下一道阳光。这种自沉在水里的花，她们所得到的光明是多么短促啊！

夜色降下了。烟雾的大海千变万化，呈现种种形状，在那里波动，简直看不到崖岸。雾气滚滚而来，顺着河流逐渐地把它侵蚀。现在我只能看见河桥的第一个涵洞了。

灵魂迷惘在这些浓雾里，我还是将梦见一座登上乐园的桥呢，还是将梦见一支堕入永夜的川流？当世界上已经一无所有的时候，这时候做的梦，该是一个什么梦啊？

诗啊，诗啊，啊！当一切都沉睡了的时候，没有月亮，也没有一颗星的时候，你会看见我的灵魂上，宽阔地，毫无掩隐地，流着一条迟缓的河，在波动着巨大的金色睡莲。

\自　然\

[德] 歌　德

自然！她环绕着我们，围抱着我们——我们不能越出她的范围，也不能深入她的秘府。不问也不告诉我们，她便把我们卷进她的漩涡圈里，挟着我们奔驰直到倦了，我们脱出她的怀抱。

她永远创造新的形体，现在有的，从前不曾有过；曾经出现的，将永远不再来；万象皆新，又终古如斯。

我们生活在她怀里，对于她又永远是生客。她不断地对我们说话，又始终不把她的秘密宣示给我们。我们不断地影响她，又不能对她有丝毫把握。

她里面的一切都仿佛是为产生个人而设的，她对于个人又漠不关怀。她永远建设，永远破坏，她的工场却永远不可即。

她在无数儿女的身上活着，但是她，那母亲，在哪里呢？她是举世无双的艺术家：把极单纯的原料化为种种极宏伟的对照，毫不着力便达到极端的美满和极准确的精密，永远用一种柔和的轻妙描画出来。她每件作品都各具心裁，每个现象的构思都一空倚傍，可是这万象只是一体。

她给我们一出戏看：她自己也看见吗？我们不知道，可是她正是为我们表演的，为了站在一隅的我们。

她里面永远有着生命，变化，流动，可是她毫不见进展。她永远迁化，没有顷刻间歇。她不知有静止，她诅咒固定。她是灵活的。她的步履安详，她的例外希有，她的律法万古不易。

她自始就在思索而且无时不在沉思，并不照人类的想法而照自然的想法。她为自己保留了一种特殊而普遍的思维秘诀，这秘诀是没有人能窥探的。

一切人都在她里面，她也在一切人里面。她和各人都很友善地游戏：你越胜她，她也越欢喜。她对许多人动作得那么神秘，他们还不曾发觉，她已经做完了。

既反自然也是自然。谁不到处看见她，便无处可以清清楚楚地看见她。

她爱自己，而且借无数的心和眼永远黏附着自己。她尽量发展她的潜力以享受自己。不断地，她诞生无数新的爱侣，永不餍足地去表达自己。

她在幻影里得着快乐。谁在自己和别人身上把它打碎，她就责罚他如暴君；谁安心追随她，她就把他像婴儿般搂在怀里。

她有无数的儿女。无论对谁她都不会吝啬；可是她有些骄子，对他们她特别慷慨而且牺牲极大。一切伟大的，她都用爱护来荫庇他。

她使她的生物从空虚中溅涌出来，却不对它们说从哪里来或往哪里去。它们尽管走就得了。只有她认得路。

她行事有许多方法，可是没有一条是用旧了的，它们永远奏效而且变幻多端。

她所演的戏永远是新的，因为她永远创造新的观众。生是她最美妙的发明，死是她用以获得无数的生的技术。

她用黑暗的幕裹住人，却不断地推他向光明走，她把他坠向地面，使他变成懒惰和沉重，又不断地摇他使他站起来。

她给我们许多需要，因为她爱动。那真是奇迹：用这么少的东西便可以产生这不息的动。一切需要是恩惠：很快满足，立刻又再起来。她再给一个吗？那又是一个快乐的新源泉，但很快她又恢复均衡了。

她刻刻都在奔赴最远的途程，又刻刻都达到目标。

她是一切虚幻中之虚幻，可是并非对我们；对我们，她把自己变成了一切要素中之要素。

她任每个儿童把她打扮，每个疯子把她批判。万千个漠不关心的人一无所见地把她践踏，无论什么都使她快乐，无论谁都使她满足。

你违背她的律法时在服从她；企图反抗她时也在和她合作。

无论她给什么都是恩惠，因为他先使变为必需的。她故意延迟，使人渴望她；特别赶快，使人不讨厌她。

她没有语言也没有文字，可是她创造无数的语言和心，借以感受和说话。

她的王冕是爱；单是由爱你可以接近她。她在众生中树起无数的藩篱，又把它们全数吸收在一起。你只要在爱杯里啜一口，她便慰解了你充满着忧愁的一生。

她是万有。她自赏自罚，自乐又自苦。她是粗暴而温和，可爱又可怕，无力却又全能。一切都永远在那里，在她身上。她不知有过去和未来。现在对于她是永久。她是慈善的。我赞美她的一切事功。她是明慧而蕴藉的。除非她心甘情愿，你不能从她那里强取一些儿解释，或剥夺一件礼物。她是机巧的，可是全出于善意；最好你不要发觉她的机巧。

她是整体却又始终不完成。她对每个人都带着一副特殊的形象出现。她躲在万千个名字和称呼底下，却又始终是一样。

她把我放在这世界里；她可以把我从这里带走。她要我怎么样便怎么样。她决不会憎恶她手造的生物。解说她的并不是我。不，无论真假，一切都是她说的，一切功过都归她。

\ 夏天步入你的皮肤 \

［加拿大］斯洛特

夏天步入你的皮肤；风与沙变成了血液和骨头。

我与你一起沿岸而行，大海使我们惊讶，如一个消失已久、然后又听到的友人的嗓音。

那一夜有饮食；有爱情；我们在星星下手拉手仰卧多时。

于是我们的躯体宛若潮涨潮落之间的海水；那能够承受天宇的重量和无限的摇曳的脆弱的平衡。

夏天在我们的掌握之中，在我们的眼里，那些颤动的星星。

当我起床时，黎明带着潮水涌入，摔碎在空寂的沙滩上。

我想起你的嘴唇，一片模糊，隐退，当我躬身最后一次吻你之际。

\ 这是一个宁静、湿润的五月黄昏 \

[瑞典] 奥·汉松

这是一个宁静、湿润、夕阳笼罩下的五月黄昏。

朋友们坐在门庭上，观看暮色如何静静而温柔地降落在树上。

不远处，有一片圆形的山毛榉树林，浸泡在第一层浅绿色的明亮、甜美的稚嫩中。山毛榉中央是一片巨大的开阔地，从这里望去，隐约可见平原上稀疏的村落，它们像一幅精致的袖珍画，镶嵌在这翡翠的框里。

门敞开着，从客厅里飘来一阵讲述爱情的忧伤、沉重、充满痴狂思念的钢琴曲。

在森林的树身间，一位衣衫褴褛的年轻姑娘在走动，她把掉落在地上的树枝捡到围兜里。她不时地直起身子，朝别墅张望，仿佛在聆听琴声，然后又俯身捡树枝。

当暮色变浓，村庄在音乐声中昏昏睡去，我想到许多生活从不去唤醒的沉睡着的乐曲。

\落　日\

[瑞典]古·埃克吕夫

我站在山顶上，向内陆眺望。我的脚下，树顶着被暮色重压的树冠做梦。森林中的空地荒凉地躺着。看不见任何有生命的东西：通往这里的路并不存在。那些并不怕人的月光下的森林动物，都会在下面的森林里出现、消失……远处传来一声凄凉的狗叫声和远方鹿角的互相撞击声……是太阳在沉落……

我四周的夜充满了幻景。天空在燃烧。我愿在这里久留，遥望那些我曾漫游过的蓝色的森林，从而忘记自己是谁。

我转向大海，看着太阳把我抛弃给暮色。如同藏在紫金色沙漠中的一颗金黄的谷粒，太阳在狭长、金黄的云堆中微微闪烁。我似乎听见一阵无边的音乐缓缓飘过，对于我一切都变得苦涩。目标依旧是那么遥远。

我僵直地慢慢向山走去，露珠已经飘洒在森林的空地上，在蜘蛛网上闪烁。当我走到树底下时，我的额头、眼睛和嘴被蜘蛛网粘住。人好像在睡梦中一般。树也着了魔，古怪的果子悄悄吊在树枝上，那些窥探我的眼睛，那些听见我到来的耳朵……

此刻，即使每一块石子都有着一种意义，恐惧在每一棵灌木中准备腾跃，但对我又有什么关系呢？所有衰老都将很快消失，被没收的欢乐，夭折的沉醉，没有意义的恐惧也不例外。当我准备忘掉一切并获得新生的时候，将有另一种不安变成我的不安——另一种安宁变成我的安宁：海和没有草木的地带。

那里，在森林边，大海在梦中朦胧地运动，如同人们用灯去照沉睡者的脸……

是星星一颗颗地点燃……

\ 初秋四景 \

[日] 川端康成

一

在比平常稍凉的水中游过泳，腿脚会显得略洁白些。莫非蓝色的海底有一种又白又冰凉的东西在流动？因此，我觉得秋天是从海中来的。

人们在庭园的草坪上放焰火。少女们在沿海岸的松林里寻觅秋虫。焰火的响声夹杂着虫鸣，连火焰的音响也让人产生一种像留恋夏天般的寂寞情绪。我觉得秋天就像虫鸣，是从地底迸发出来的。

与七月不同的，就是夜间只有月光，海风吹拂，女子就悄悄地紧掩心扉。我觉得秋天是从天而降的。

海边的市镇上又新增加许多出租房子的牌子。恰似新的秋天的日历页码。

二

秋天也是从脚心的颜色、指甲的光泽中出来的。入夏之前，让我赤着脚吧。秋天到来之前，把赤脚藏起来吧。夏天把指甲修剪干净吧。

初秋让指甲留点肮脏是否更暖和些呢。秋天曲肱为枕，胳膊肘都晒黑了。

假使入秋食欲不旺盛，就有点空得慌了。耳垢太厚的人是不懂得秋天的。

三

纪念大地震已成为初秋的东京一年之中的例行活动。今年九月一日上午，也有十五万人到被服厂遗址参拜，全市还举行应急消防演习。抽水机的警笛声，同上野美术馆的汽笛声一起也传到我的家里来了。我去看被服厂遭劫的惨状，是在九月几号呢？

前天或是大前天，露天火葬已经开始了，尸体还是堆积如山。这是入秋之后残暑酷热的一天。傍晚下了一场骤雨。在燃烧着的一片原野上，连个躲雨的地方都没有，乱跑之中成了落汤鸡。仔细一看，白色的衣服上沾满一点点灰色的污点。那是烧尸的烟使雨滴变成了灰色。我目睹死人太多，反而变得神经麻木了。沐浴在这灰色的雨里，肌肤冷飕飕的，我顿时感受到已是秋天了。

四

能够比谁都先听到秋声。

有这种特性的人也是可悲吧！

这是啄木啄木（即石川啄木（1886—1912），日本诗人，小说家和评论家）的一首诗歌。无疑事实就是那样。我家里有五六只狗，其中一只对音乐比一般人对音乐更加敏感，它听到欢快的音乐就高兴，听到悲哀的音乐就悲伤，它不仅会跟着留声机吠叫，还会像跳舞一样扭动着身躯，然而它一点也感受不到初秋的寂寞。动物虽然感受到季节的冷暖，但它们并不太感受到季节的感情。

事实上，草木、禽兽本能地随着季节的推移而生活着，惟独人才逆着季节的变迁而生活，诸如夏天吃冰，冬天烤火。尽管如此，人反而更多地被季节的感情所左右。回想起来，所谓人的季节感情，人工的东西太多了吧。我不禁惊愕不已。

据说，南洋群岛全年气候基本相同，看星辰就知道是什么季节。夏季可以看到夏季的星星，秋季可以看到秋季的星星。若是能把身边的季节忘却到那种程度，这样的生活又是多么健康啊。也没有像美术季节那样的人工季节。

\春　天\

[日] 川端康成

每年春之将至，我必定做梦。

山间、原野，各种草木都在萌生，各种花卉都在竞放。树群的萌芽，井然有序。嫩叶的色彩和形状，因树而异。不消说，嫩叶的颜色不限于绿色。例如沿东海道春游，就可以看见远州路罗汉松的新芽和关原一带的柿树的嫩叶不限于绿……仅以红叶和枫树的嫩叶来说，确实也是千变万化的。还有许多我不知名的、小得几乎不显眼的野花。

我一度的确想写写自己亲眼仔细观察到的春天，写春天来到山野的草木丛中。于是我就观察山间林木的万枝千朵的花。然而，在我到处细心观察而未下笔的时候，春天的嫩叶和花却匆匆地起了变化。我便想来年再写吧。我每年照例要做这样的梦。也许我是个日本作家的缘故吧。而且我梦中看到了一座美丽的山，布满了森林、繁花和嫩叶。我梦中想道：这是故乡的山啊！人世间哪里都找不到这样美丽的故乡。我却梦见理想中的故乡的春天！

小　　启

在本书的编选过程中，我们得到了很多师友的热情帮助和大力支持。但是，经过多方努力寻找，仍有部分作者和译者未能联系上。因此，我们诚挚地希望这部分文章的版权所有人见书后与我们联系，以便我们及时奉上薄酬和样书。

联系电话：(027) 87679343　87679321　87679314